성추행당할 뻔한
S급 미소녀를 구해주고 보니
옆자리
소꿉친구였다 —켄노지

Illustration
플라이

이름 : **타카모리 료**

나이 : 17세

학년 : 고등학교 2학년

키 : 175cm

분위기를 잘 파악하지 못하는 자칭 수수한
캐릭터인 남자 고등학생.

"아, 안 해……. 그런 건,
순서가……."

"뭔가 할 말 있나요?"

이름 : 히메지마 아이

나이 : 16세

학년 : 고등학교 2학년

키 : 155cm

히나, 료와 소꿉친구인 전학생.

이름 : **토리고에 시즈카**

나이 : 17세
학년 : 고등학교 2학년
키 : 150cm

히나와는 친한 친구, 료와는 점심시간
에만 친구인 것 같은 동급생.

"——키스, 안 해?"

이름 : **후시미 히나**

나이 : **17세**
학년 : **고등학교 2학년**
키 : **160cm**

료의 소꿉친구이자 학교에서 모두가
인정하는 S급 미소녀.

"이히히."

이름 : 타카모리 마나

나이 : 15세
학년 : 중학교 3학년
키 : 165cm

타카모리 가문의 집안일 전반을 맡고
있으며 가루처럼 보이지만 오빠를 잘
챙겨주는 여동생.

이름 : 시노하라 미나미

나이 : 16세
학년 : 고등학교 2학년
키 : 167cm

중학교 3학년 때 사흘 동안 료와 사귀
었던 예전 동급생.

"최, 최, 최애였어요,
감사합니다."

# 성추행당할 뻔한
# S급 미소녀를 구해주고 보니
# 옆자리 소꿉친구였다 3

켄노지

커버 · 삽화 · 본문 일러스트

플라이

## ① 히메지마 아이라는 소꿉친구

평소와 같은 아침. 전철을 타고 소꿉친구인 후시미 히나와 학교에 가고 있었다.

"그렇게 우울한 표정 짓지 말라고."

"역시 우울하단 말이지……, 만원 전철은."

나도 마찬가지긴 하지만, 후시미가 만원 전철을 싫어하는 데는 이유가 있다.

성희롱 미수 사건이 있었기 때문이다. 마침 내가 그 상황을 보고 범인 아저씨에게 말을 걸어서 미수에 그쳤다.

나는 후시미라는 걸 몰랐지만, 아무래도 그랬던 모양이다. 그 일을 계기로 중학교 때부터 고1 때까지 거의 이야기하지 않았던 관계였는데도 이야기를 자주 나누게 되었고, 같이 놀기도 하고, 이렇게 등하교도 같이 하는 전형적인 소꿉친구로 돌아왔다.

"료 군, 료 군. 다음부터 30분 일찍 타지 않을래?"

"안 돼, 안 돼. 못 일어난다고."

"그렇구나아……."

이 제안은 이번이 두 번째.

예전에 그런 말을 들었을 때, '그럼 후시미만 일찍 가지 그래?'라고 따로 등교하자는 제안을 했더니 엄청나게 토라졌다.

어느 정도나마 사람이 적은 전철을 타고 싶어 하는 후시미. 아침에 일어나지 못하는 나. 양쪽 모두에게 이익이 있는 제안인 것 같은데.

기분이 매우 상한 후시미는 그날 수업 중에 선생님이 나를 지명했는데도 답을 가르쳐주지 않았고(평소에는 몰래 가르쳐준다), 샤프심도 빌려주지 않았고, 노트도 보여주지 않았다.

……이렇게 나열해보면 내가 얼마나 글러먹은 애인지 알 수 있구나…….

뭐, 그건 그렇다 치고, 잘 모르겠지만 나는 '따로 등교하자는 제안'이 지뢰라는 걸 배웠다.

"그래도 자전거를 타고 가기엔 너무 머니까……."

나도 만원 전철을 좋아하는 건 아니다. 할 수만 있다면 손잡이를 잡고 싶고, 할 수만 있다면 앉아서 가고 싶다. 하지만 아침에 일찍 일어나는 것과 비교하면 만원 전철 쪽을 선택해버린다.

아슬아슬하게 밀착하지 않는 정도로 달라붙어 있던 후시미가 고개를 갸웃거렸다.

"자전거 타고 학교에 간 적도 있어?"

"있지. 딱 한 번. 그런데 40분 정도 걸렸어."

비도 내리고, 여름에는 덥고 겨울에는 춥다. 30분 정도라면 버틸 수 있겠지만.

"자전거 통학……."

후시미가 조용히 그렇게 말했다.

"나란히 수다 떨면서 학교 가기. 괜찮을지도 모르겠네."

40분 거리는 꽤 멀거든……?

완만한 커브에 접어들자 등에 느껴지는 압력이 강해지기 시작했다.

그 압력에 맞서려는 듯이 등을 쭉 폈다. 내가 여기서 무너지면 후시미까지 짓눌리게 된다.

후시미는 그런 나를 빤히 올려다보고 있었다.

"……왜."

"후후. 아니야. 고맙다 싶었을 뿐이야."

쿡쿡 웃고 있는 그녀로부터 눈을 돌렸다.

전철이 흔들릴 때마다 후시미와 가끔씩 몸이 부딪히는데, 여자애 몸은 왜 이렇게 부드러운 걸까 하는 생각에 신기해서 견딜 수가 없다. 좋은 향기도 나고.

전철이 멈추자 사람들이 내리고 또 탔다. 이제 세 정거장———.

마음을 텅 비우려 하고 있자니 낯선 교복을 입은 여자애가 눈에 띄었다.

2미터 정도 앞.

……이런 만원 전철은 성추행 누명이 무서워서 여자로부터 거리를 최대한 두려 하는 사람들이 대부분이다. 하지만 그 애 바로 뒤에 있던 아저씨는 부자연스러울 정도로 거리가 가까웠다.

———그 애가 나와 후시미의 소꿉친구에 해당하는 히메지마아이라는 사실을 나는 그때 전혀 눈치채지 못했다.

"후시미, 잠깐만 버텨줘."

"어? 그게 무슨……."

이유를 물어보려 하는 후시미를 내버려 두고 사람들을 헤치며

차 안을 나아갔다. 다들 불쾌한 듯한 표정을 지었지만, 아랑곳하지 않았다.

그 애와 아저씨 사이에 몸을 끼워 넣고 한 건 해결———인가 싶었는데 여자애에게 팔을 잡힌 나는 다음 역에서 억지로 내리게 되었다.

"……또 너냐."

철도 경찰 아저씨는 눈을 흘기며 철제 책상 앞에 앉아있던 나를 보았다.

"또라뇨. 저도 오고 싶어서 온 게 아닌데요."

여기는 후시미에게 성추행을 하려던 아저씨를 쫓아가다가 내린 역이기도 했다.

그로부터 한 달 반 정도. 또 성추행 사건에 끼어든 나는 이렇게 취조를 당하고 있었다.

"성추행당할 뻔한 여자애(여고생)를 타카모리 군이 구했단 말이지."

"네. 맞아요."

저번과 다른 점은 같은 소꿉친구지만 전학 가서 헤어진 애였다는 점이다.

"……그래서, 그 여고생은?"

"뛰어서……, 도망쳤어요."

그렇다. 나를 전철에서 내리게 한 히메지마 아이는 나를 인식하고는 뛰어서 개찰구 밖으로 나가버린 것이다.

"또 그거야?"

"또라뇨……."

"성추행 사건이라고 플랫폼에서 다들 그러길래 나와보니 네가 그 중심에 있고, 피해자도 없는 데다 범인도 현장에 없고."

에휴, 아저씨는 한숨을 쉬고는 일어서서 내게 등을 돌렸다.

"사실 네가 그런 거 아니야? 다른 사람에게 얘기 안 할 테니까 아저씨에게 솔직하게 말해봐."

뭘 유도하려는 거야.

"눈을 감고, 자기가 했다 싶으면 조용히 손을 들어."

아니, 무슨 반에서 범인 찾는 것도 아니고.

"그러니까 저는 정말 미연에 방지했을 뿐이고, 그 애가 착각을……."

부웅, 부웅, 휴대폰이 진동하고 있다. 주머니에서 꺼내보니 후시미가 건 전화였다.

억지로 끌려가서 걱정한 건가?

저번처럼 나는 피해자의 특징이나 무슨 짓을 당하고 있었는지, 그 범인의 생김새 등을 철도 경찰 아저씨에게 말했다.

"저기, 죄송한데 저번처럼 학교에 지각할 거라고 연락을 해주시면 좋겠는데요."

"그래, 그래."

취조를 마친 아저씨는 어이없다는 듯이 한숨을 쉬었다.

그리고 내가 학교 번호를 말해주자 사무실에 있는 전화기로 연락을 해주었다.

땡땡이 상습범인 내가 연락하면 높은 확률로 땡땡이치는 거라 의심받기 때문이다.

풀려난 뒤에는 좀 전과는 달리 꽤 한산한 전철을 타고 학교로 향했다.

아이는 전학 가고 나서 편지로 두 번 정도 연락을 주고받은 적이 있다.

'편지 쓸게요. 그러니까 료도 답장 해줘야 해요?'라더니 진짜로 보내왔고, 나도 보내겠다고 말해놓고 답장을 주지 않는 건 마음에 걸렸기에 쓴 기억이 있다.

나, 후시미, 아이, 마나. 넷이서 논 적도 많다.

전학 갔다고 들었는데 왜 여기……. 혹시 돌아온 건가?

그런 예상은 아무래도 사실이었던 모양이다.

1교시 수업이 시작되기 전에 학교에 가자 지각한 나 같은 건 아무도 신경 쓰지 않고 다들 안절부절못하고 있었다.

"갑자기 전철에서 내리던데, 무슨 일이야?"

옆자리에 있던 후시미만 신경 써 주었다.

"저기, 후시미. 아이라고 기억나?"

"응. 아이라면 히메지마?"

맞아, 맞아. 나는 그렇게 말하며 고개를 끄덕이고는 성추행당할 뻔한 여자애를 구해준 이야기를 했다.

"그게 아이였거든."

"어? 정말? 그럼 설마 아이인가……?"

"무슨 말이야?"

"6월에 전학 올 애가 있다고 와카가 그러던데."

"우리 반으로 전학 온다고?"

"그럴지도 모르겠네."

후시미는 조용히 말하며 교과서를 꺼냈다.

안절부절못할 만도 하겠네. 전학생이 오는 건 빅 이벤트니까.

그러지 말라고 하는 게 힘들겠지.


점심시간.

아무도 없는 물리실에서 나와 토리고에 시즈카는 점심 식사를 하고 있었다.

후시미와 그렇게 되기 전까지는 이 학교에서 가장 사이가 좋다……고 생각했던 토리고에와는 이렇게 조용한 물리실에서 점심시간을 함께 보낸다.

딱히 뭔가 이야기하는 것도 아니고, 마주 앉아서 식사를 하는 것도 아니다. 말이 없어도 신경 쓰이지 않고 껄끄럽지도 않은 토리고에와의 점심시간은 내게 꽤 마음이 편한 시간이었다.

"6월부터잖아."

토리고에가 갑자기 조용히 말했다.

"뭐가?"

"전학생."

"그래, 6월. 그게 왜?"

"빅 이벤트가 있잖아."

"그런 게 있나?"

"수학여행. 그냥 같이 가게 되겠다 싶어서."

그렇다. 학교 축제 같은 이야기도 하느라 잊고 있었지만, 그것
도 있었지.


선생님이 출장 때문에 자리를 비운 일본사 자습 시간.

샤프를 슥슥 끊임없이 움직이던 후시미가 조용히 말했다.

"아이인지 아닌지는 제쳐두고, 6월에 전학 오다니 이상하잖아."

"애초에 전학 자체가 드문 일이니까."

과제로 받은 프린트가 여전히 백지인 나와는 달리 후시미는 이
미 절반 정도를 채운 상태였다.

슬쩍 훔쳐보려 하자 그녀는 팔로 막았다.

"료 군, 그런 구석이 문제야."

후시미가 그렇게 말하며 진지한 얼굴로 나를 혼냈다.

"교과서를 보면 다 적혀 있으니까———."

친절하게 차근차근 가르쳐 주었다.

"보통은 말이야, 그런 건 여름방학이 끝나고 9월쯤 하지 않아?
어중간한 시기인데."

"나도 생각하긴 했는데, 수학여행을 못 가는 게 싫었던 거 아
닐까."

토리고에 왈, 빅 이벤트인 모양이니까.

자습 시간이어서 그런지 다들 들떠서 이야기를 나누고 있었다.

전학생 이야기나, 수학여행은 어디로 갈까? 또는 같은 조로 다
니자, 같은 이야기.

다른 곳으로 여행을 간다는 점만 보면 수학여행은 나쁘지 않다.

하지만 학교나 반 같은 단위로 행동하게 되면 이야기가 달라진다.

작년 수학여행. 우리 조는 사이좋은 그룹에 끼지 못한 깍두기들로만 구성된 혼성부대였다. 여관 방에서는 껄끄러워서 숨이 막혔고 다들 그 그룹이 있는 곳에 몰려가서 나 혼자 방에 우두커니 남아있을 때도 많았다.

"아이는 어떤 느낌이었어?"

"고등학생이 됐던데."

"후후후. 그야 그렇겠지만, 다른 건 뭐 없어? 료 군."

내 대답이 어지간히 재미있었는지, 후시미가 쿡쿡대며 웃었다.

"낯선 교복을 입고 있더라."

"어디로 전학 갔었지?"

"아마 도쿄 쪽이었던 것 같은데."

"그럼 낯설기도 하겠네."

자습을 마친 후시미는 문고본을 한 손으로 든 채 이야기했다.

주위에서도 자습 과제를 마친 사람들은 자리를 옮겨 사이좋게 지내는 반 친구들과 수다를 떨고 있었다.

그런 분위기가 되자 내 앞자리로 토리고에가 프린트를 가지고 왔다.

"시이, 끝냈어?"

"조금 남았어. 히이나는 벌써 끝냈구나."

"에헤헤. 이래 봬도 성적이 좋거든요."

신기하네. 토리고에가 자습 중에 일부러 이쪽으로 오다니.

"토리고에, 뭐 볼일 있어?"

"료 군, 왜 그런 식으로 말하는데."

발끈하며 화가 난 듯이 얼굴을 찡그리는 후시미.

"사이좋은 프렌즈니까 와도 상관없잖아."

사이좋은 프렌즈라니. 뭔가 쌍팔년도 느낌이다.

"따, 딱히, 그럴 생각은……, 아니었는데……."

귀가 빨개진 토리고에가 점점 몸을 웅크리기 시작했다.

"그래도 '사이좋은 프렌즈'라는 단어는 촌스러운 것 같아."

쫘앙, 후시미가 굳어 있었다.

이 '촌스럽다'라는 단어는, 요즘 후시미에게 금기시되어가고 있다. 험담의 대미지로 따지면 특효급이라고 할 정도로 잘 먹히는 모양이다.

"두 사람은 어떻게 하려나 싶었을 뿐이야."

토리고에가 등을 돌린 채 말했다.

"어떻게 하냐니, 뭘?"

"수학여행 조."

아……, 그걸 확인하러 왔구나.

"료 군, 정해둔 사람 있어? 조 같이 짤 사람."

미안. 이미 다른 녀석들하고 짰어.

……그렇게 말할 수 있는 인생이었다면 좋았을 텐데. 그런 생각이 들었다.

"료 군, 왜 먼 산을 보고 있는 거야?"

"평행 세계의 나는 그랬으면 좋겠다 싶어서."

"?"

후시미는 의아하다는 듯이 눈을 깜빡였다.

"저기———."

토리고에가 이쪽으로 몸을 돌렸다.

"혹시, 괜찮다면, 말인데……, 같이……, 타카모리 군이랑 히이나도. 수학여행, 조."

토리고에는 쑥스럽다는 듯이 입을 꾹 다물고는 우리가 대답하기를 기다리고 있다.

이렇게 누군가가 조를 같이 짜자고 말해준 게 얼마 만일까.

너무 오랜만이라 나는 약간 감동하고 있었다.

후시미는 토리고에하고 사이가 좋으니까. 곧바로 고개를 끄덕일 것이다.

그럴 줄 알고 옆을 힐끔 보자 그녀는 뭔가 생각하는 듯이 눈을 피했다.

예상 밖의 반응이었다.

"다른 사람하고 짜기로 했어?"

내가 묻자 후시미는 고개를 저었다.

"아니. 저기, 그럼, 부탁드릴게요."

안심했는지 토리고에의 표정이 밝아졌다.

"다행이다. 그런데 히이나, 다른 사람들도 같이 짜자고 오지 않을까?"

"아."

조를 몇 명이서 짜게 될지는 모르겠지만, 인원 제한이 세 명은 아닐 것이다.

"그럼 후시미하고 붙어 다니는 사람들을 넣을 필요가 있겠네."

내가 그렇게 말하자 두 사람이 쿡쿡대며 웃었다.

"료 군도 오케이래."

"그런 모양이네."

원만하게 짜여지면 좋겠는데. 후시미 조.

후시미와 토리고에는 이렇게 하자, 저렇게 하자, 하며 열심히 수학여행에 대한 의견을 교환하고 있었다.

나는 토리고에를 약간 다시 보는 중이었다.

이렇게 제안하는 것도 용기가 필요하니까.

토리고에가 얼마나 용기를 쥐어 짜냈는지 잘 알 수 있었다.

자신감이 있거나 그룹으로 뭉쳐 다니는 사람이라면 말하기 쉬울 것이다.

거절하지 않을 거라고 예상할 수 있으니까.

그러나 친구가 매우 적은 나나 토리고에는 '거절당할지도 모른다', '폐가 될지도 모른다'라는 생각이 항상 머릿속에 있다.

그런 와중에도 제안을 건넨 토리고에의 모습을 보니 나도 노력해야겠다는 생각이 조금 들 것도 같았다.

"아이는 몇 반으로 오려나."

"여기 아닐까? 나랑 후시미도 있으니까."

"아……, 그렇구나, 그렇구나. 그럴 수도 있겠어."

다음 주부터 6월.

그 전학생님께서 오신다.

당시처럼 아이라고 부르는 건 좀 창피하니까 히메지라고 불러야지.

"그 전학생이 너희 둘이랑 아는 사이야?"

"아직 히메지가 온다고 확정된 건 아닌데 말이지."

"또 료 군이 거들먹거리기 시작하네."

"거들먹거리지 않았어."

"그냥 아이라고 불러도 되는데."

"어렸을 때 호칭을 지금 쓰는 건 창피하다고."

그런가~? 후시미가 그렇게 말하며 고개를 갸웃거렸다.

"아이는 초등학교 때 전학 가버렸는데, 료 군이랑도 나랑도 사이가 좋았어."

후시미는 히메지일지도 모르는 전학생 이야기를 토리고에에게 해주었다.

놀 때는 마나까지 합쳐서 넷일 때가 많았다. 나 말고는 다 여자애라서 다른 남자애가 보고는 놀릴 때도 꽤 있었다.

"둘 다 사이가 좋았구나. ……그렇다면 그것도 나름대로 문제가 될 것 같은데?"

토리고에가 눈살을 찌푸리며 조용히 말했다.

"전학 갔던 소꿉친구와 몇 년 만의 재회———, 사춘기의 한복판에 선 두 사람이 서로 접근하기까진 그리 오랜 시간이 걸리지 않았다———."

토리고에가 나레이션 같은 멋진 목소리로 말했다.

"그런 거 아니야."

후시미가 딱 잘라 부정했다.

"그런 거 아니야."

다시 반복했다.

싸늘한 목소리를 듣고 나와 토리고에가 후시미를 보았다.

"그런 거 아니야."

세 번 말했다.

므으으으, 햄스터처럼 볼을 부풀린 후시미는 어두운 표정으로 들고 있던 문고본을 내려다보고 있었다.

"타카모리 군, 어떻게 좀 해줘."

"왜 나한테 그래. 네 사이좋은 프렌즈잖아."

푸흡, 토리고에가 웃었다.

"웃지 말라고."

"아니, 그래도, 네이밍이……."

"어차피 촌스럽다구."

작은 목소리로 말했는데도 후시미는 다 알아들었고, 삐졌다.

"히이나가 읽고 있는 그거, 저번에 내가 말했던 그거야?"

"응. 맞아, 맞아. 아직 초반부이긴 한데———."

오. 이야기 진도가 나가네. 아니, 토리고에가 의도적으로 유도한 것 같다.


후시미와 인사를 나누고 집에 도착하자 이미 여동생인 마나가 집에 와 있었다. 현관에 마나의 로퍼가 가지런히 놓여 있는 걸 보니 아마 그럴 것이다.

"오늘 저녁밥 뭐야?"

소리가 들렸기에 거실에서 부엌을 들여다보니 예상대로 교복에 앞치마를 걸친 갸루가 요리를 하고 있었다.

두 살 연하인 중3 갸루는 통통, 기분 좋은 소리를 울리며 무언가를 썰고 있다.

"오빠야. 집에 오면 먼저 해야 할 말이 있잖아~."

네가 우리 엄마냐. 아니, 친엄마보다 더 엄마 같은 말이다.

"다녀왔습니다."

"어서 와."

이히히, 기쁜 듯이 웃는 여동생. 좋은 색시가 될 거야, 얘는.

"있지, 히메지……, 아이라고 기억나?"

"아이라면 그 아이? 기억난다기보단 까먹질 않았어. 몇 번이나 같이 논 사이니까."

된장국 같은 것의 간을 보던 마나가 '좋았어!'라고 만족스러워하며 고개를 끄덕였다.

나도 딱히 완전히 잊고 있던 건 아니다. 하지만 그렇게 다시 만나지 않았다면 떠올릴 일이 거의 없었을 것이다.

"히메지 이야기, 뭐 들은 거 있어?"

"전학 온다는 거~?"

역시 그렇구나.

"어떻게 아는데."

"나랑 동갑인 남동생이 있으니까. 걔가 이쪽으로 돌아온다고 들었거든. 아이도 그런가 싶었을 뿐이야."

흐음, 나는 흥미 없다는 듯이 콧소리를 냈다.

부엌에서 다시 거실로 돌아온 내가 적당히 TV를 보고 있자니 초인종이 울렸다.

"히나인가?"

"아, 됐어. 내가 나갈게."

나는 앞치마로 손을 닦으며 나가려 하던 마나를 말리고 현관으로 향했다.

후시미가 무슨 일이지?

띵동, 띵동, 계속 벨이 울렸기에 그제야 나는 문 너머에서 초인종을 누르고 있는 사람이 후시미가 아니라는 것을 확신했다.

그 녀석이라면 이렇게 여러 번 누르지 않는다.

"네, 지금 나가요~."

좀 전에 벗은 운동화를 걸쳐 신고 문손잡이에 손을 대고는 문을 밀었다.

"치한 료 군, 평안하신지요."

현관 앞에는 히메지가 있었다.

"누군가 했더니……."

평안하신지요는 무슨.

아침에 봤던 교복을 입고 있는 히메지.

당시 생김새가 확실히 남아 있었다. 빤히 살펴보니 화장을 어느 정도 했다는 걸 알 수 있었다.

후시미나 토리고에와는 약간 달라서 뭐라고 해야 하나, 세련된

분위기가 느껴졌다.

　남자 중 대부분이 미소녀라고 평가할 만한 외모도 그런 분위기에 박차를 가하고 있었다.

　"안녕, 히메지. 무슨 볼일 있어?"

　"무슨 볼일이냐니, 인사가 너무하시네요. ……아니, 히메지는 또 뭔가요."

　마음에 들지 않은 건지, 히메지가 눈을 흘겼다.

　"히메지마니까 히메지. 좋잖아, 부르기도 편하고."

　"딱히 뭐든 상관없지만요———."

　"그래서 무슨 볼일이야? 그리고 나는 치한이 아니라고. 설명하려 했는데 도망치기는."

　"그, 그건, 시끄러워질 것 같아서 저도 모르게……."

　그렇게 만든 게 너지만 말이지.

　"저, 료하고 히나가 다니는 고등학교로 전학 올 거예요. 그걸 말하러 왔어요."

　"아~, 그렇구나."

　"반응이 너무 약한 거 아닌가요? 좀 기뻐해주세요."

　"왜."

　"헤어졌던 소꿉친구와 다시 함께 학교에 다닐 수 있게 되었잖아요?"

　그건 좀.

　자기랑 함께 학교에 다닐 수 있는 걸 기뻐하라니, 자신감이 꽤 강하구나.

"다음 주부터고, 반도 같은 반이에요."

엣헴, 그녀는 뽐내는 듯이 그렇게 말했다.

오늘 아침에는 등교 경로를 미리 시뮬레이트 해보고 있었던 모양이다. 그 역에서 탄 건 행선지가 불안해서 확인하려고 한 번 내렸다가 탔기 때문이라고 한다.

그런데 성추행 미수라니, 너무 운이 없다.

"몰래 견학도 했고, 와카타베 선생님께도 인사를 드렸어요."

"내가 반장이니까 너무 이상한 짓은 하지 마라?"

"료가? 후후. 좋은 정보를 들었네요."

좋은 정보야?

보아하니 히메지는 말 그대로 인사를 하러 온 모양이었다.

이야기를 하다 보니 당시에 있었던 일들이 떠올랐다.

히메지는 이런 녀석이었지. 말투도 그때와 똑같다.

"아, 그렇지. 마나~? 히메지가 왔어."

부엌 쪽을 돌아보며 부르자 파닥파닥, 마나가 슬리퍼 소리를 내면서 복도를 뛰어왔다.

"우와, 진짜네! 아이!"

"마나. 오랜만이네요."

"올만~."

"올만~."

그 인사는 뭐야. 오랜만이라는 뜻인가?

"오빠야, 왜 현관에 서서 이야기하고 있어. 이럴 때는 들어올래? 라고 해야지. 진짜~, 눈치가 없다니까."

내가 이런 꼴이라 마나가 착실하게 컸는지도 모르겠다.

"그렇긴 하네. ……들어올래?"

내가 묻자 히메지는 쿡쿡대며 웃었다.

"당신들은 여전하시네요."

"아이는 도시 여고생이라는 느낌이야~."

"마나는 어엿한 갸루가 되었고요."

"그치~? 오빠야가 꼭 좀 부탁한다고 해서. 안 그래?"

안 그래는 무슨. 안 그래.

히메지가 눈살을 찌푸리며 혐오감이 마구 드러나는 눈빛으로 나를 보았다.

"당신, 여동생에게 무슨 짓을 시키고 있는 건가요……."

"오해야. 이 녀석이 멋대로 이렇게 됐을 뿐이라고. 나는 아무런 지시도 하지 않았어."

"오빠야, 부끄러워할 필요 없는데?"

"안 부끄럽거든?"

이 이야기의 어디에 부끄러워할 구석이 있는데.

"아, 그렇지~. 아이, 우리 집에서 밥 먹고 갈래? 지금 집 어디야~? 예전 그대로?"

"아……, 감사하긴 한데, 오늘은 죄송해요. 정말 잠깐 얼굴을 보러 왔을 뿐이라서요."

"그래애?"

오늘은 어머니도 늦게 오시니 저녁 식사를 준비하고 있던 마나가 보기에는 마침 잘된 일이었을 것이다.

"그럼 나중에 또 봬요."

그렇게 말하며 발걸음을 돌리는 히메지.

"안녕."

문을 닫으려 하는 나를 마나가 말렸다.

"오빠야, 바래다 줘."

"어차피 근처잖아?"

"그동안 하고 싶었던 이야기도 있을 테니까 얼른 가. 아이는 저래 봬도 외로움을 많이 타니까."

그랬나?

마나가 그렇게 말했기에 나는 어쩔 수 없이 운동화를 제대로 신고 멀어져가는 뒷모습을 쫓았다.

"뭔가 볼일이 있으신가요?"

이번에는 입장이 반대가 되었다.

"바래다줄게."

"집은 바로 저긴데요. 알고 계시죠?"

역시, 당시에 살던 집으로 돌아온 모양이다.

"왜 이렇게 어중간한 시기에 전학 온 거야?"

"그러면 안 되나요?"

"안 될 건 없는데, 의아하잖아."

"상관없잖아요, 어찌 됐든."

사연이 있다고 봐야 하려나.

"저녁 식사, 마나에게 고맙다고 전해주세요. 오늘은 이미 집에서 차려주셨거든요."

"알겠어. 마나도 기뻐할 테니 언제든 와."

마나가 있을 때 한정이지만.

"료는 역시……."

고개를 살짝 갸웃거리며 나를 올려다보는 히메지를 보니 가슴
이 약간 두근거려버렸다.

동갑인데도 대학생이 교복을 입고 있다 해도 될 정도의 섹시한
느낌 같은 게 들었다.

"역시……, 뭐?"

"후후, 아무것도 아니에요."

알고 지내던 애일 텐데, 낯선 교복을 입고 어른스러운 표정을
지은 것만으로도 전혀 모르는 애가 된다.

이렇게나 세련된 그녀와는 달리 집은 고풍스러운 단독주택. 오
랜만에 왔는데, 이렇게 낡았던가?

"감사합니다."

그렇게 말한 히메지는 이쪽을 돌아보지도 않고 집 안으로 들어
갔다.


월요일.

말했던 대로 히메지가 우리 반에 전학 왔다.

담임인 와카 뒤를 따라서 들어오자 와카가 간단히 소개를 시작
했다.

"히메지마 아이 양입니다. 오늘부터 우리 학교로 전학 왔어요.
뭐, 취미나 클럽 활동 같은 건 나중에 다들 적당히 물어보고."

웅성거리는 남자와 여자 목소리가 새어 나왔다.

귀엽다거나, 어디 학교 교복일까 하고 속닥거리는 이야기였다.

어지간히 시간이 없었던 건지 히메지는 아직 예전 학교 교복을 입고 있었다.

칠판에 이름을 쓰거나 자기소개를 할 생각은 없는 듯하다. 히메지는 '잘 부탁드립니다'라고 말한 다음 고개를 살짝 숙였다.

"자, 박수."

와카가 그렇게 재촉하자 모두가 환영하는 분위기로 박수를 치며 히메지를 맞이해 주었다.

자리는 어떻게 하려나.

"아, 깜빡했다. 의자랑 책상을 준비 안 해뒀네."

와카가 조용히 말했다. 전학생의 단골 위치인 창가 쪽 제일 뒷줄에 자리가 없는 건 와카의 건망증 때문이었던 모양이다.

"히메지마 양은 아직 익숙하지 않을 테니까, 학급 임원 두 사람이 돌봐주고~."

"네."

후시미가 대답했고, 나도 적당히 '예에'라고 대답했다.

"돌봐주기 편하게끔 자리는 타카모리 옆으로 할까."

한쪽은 후시미. 다른 한쪽은 남자. 어느 쪽을 말하는 거지?

"아, 전 옮겨도 돼요."

남자애가 그렇게 말했기에 와카는 그 제안을 받아들여 자리를 비워달라고 부탁했다.

그 남자애 자리는 내가 남은 책상과 의자를 가져와서 뒤에 채

우기로 했다.

후시미 반대쪽에 히메지가 와서 자리에 앉았다.

"힘들겠네요, 학급 임원."

이쪽을 보지 않고 조용히 말한 히메지는 호기심 어린 시선을 받으며 가방에서 꺼낸 노트를 서랍에 넣고 있었다.

나도 조용히 대답했다.

"그냥 잡일 담당이야. 할 일은 많지만, 다 수수한 거라 행사 계열 임원보다는 편하거든."

"그런가요?"

반대쪽에서 시선이 느껴졌다.

"……."

살며시 그쪽을 보니 후시미가 버림받은 강아지 같은 표정으로 이쪽을 보고 있었다.

"왜 그래……?"

"딱히 이유는 없는데……."

없는데?

그녀가 뭔가 입을 열기도 전에 와카가 우리에게 말했다.

"시간 있으면 학교를 안내해줘. 후시미든 타카모리든, 둘이서 같이 해줘도 되고."

그럼 끝낼게요~, 와카는 그렇게 말하며 출석부를 들고 교실에서 나갔다.

"안내 같은 건 안 해주셔도 괜찮아요. 신기한 게 있다면 모르겠지만요."

"부탁받았으니까 하긴 할 거야."

후시미가 매우 진지하게 대답했다.

뭔가 말하고 싶어 하는 히메지를 가로막으려는 듯이 사람들이 몰려왔다. 신기한 미소녀 전학생에게 남자도 여자도 흥미진진한 모양이었다. 히메지는 단숨에 둘러싸였다.

옆 반에서도 어떤 애가 왔는지 보러 온 걸 보니 한동안은 판다 같은 취급을 받을 것 같다.

"후시미, 어떻게 할래? 안내."

"같이 할까."

안내라고 해도 딱히 특이한 교실이 있는 건 아니다. 특별 교실 건물하고 체육관, 그리고 식당 정도? 본인은 필요 없다고 하지만.

시끄러웠기에 자리에서 일어나 와카가 지시한 대로 책상과 의자를 빈 교실에서 옮겨왔다.

"타카모리 군, 의자는 내가 들게."

토리고에였다.

일부러 따라와 준 건가?

"고마워. 그럼, 부탁할게."

의자를 건네자 토리고에가 한숨을 쉬었다.

"뭐야, 갑자기."

"아. 미안해……, 뭔가 엄청난 애가 왔다 싶어서."

"엄청난 애?"

"반짝반짝한 느낌이 들어. 강한 '빛'의 파동이 느껴져……."

무슨 말을 하려는 건지는 알겠다.

그런 기준으로 따지면 나는 완전히 '어둠' 쪽이다. 아마 토리고에도 이쪽일 거고.

옮기고 있자니 맞은편에서 후시미가 빠른 걸음으로 다가왔다.

"나도 도울게."

부탁받은 건 난데, 후시미도 토리고에도 좋은 녀석이구나.

"히이나, 저 히메지마 양도 소꿉친구라고 했지?"

"소꿉친구라고 해야 하나, 초등학교를 중간까지 같이 다녔을 뿐이니까……, 소꿉친구는 아니지?"

그렇지? 후시미가 다짐을 받으려는 듯이 그렇게 말했다.

"맞지 않아? 유치원 때부터 전학 갈 때까지 거의 함께 있었는데……. 뭐, 후시미도 그랬지만. 그럼 '소꿉친구'라고 해도 되는 거 아닌가?"

"그렇다는데, 히이나."

토리고에가 마치 인터뷰를 하듯 진행을 맡았다.

"그렇지 않아요. 소꿉친구 아니에요."

딱 잘라 말한다. 왜 존댓말을 쓰는 건데.

"'소꿉친구'가 딱히 한 명만 있어야 하는 건 아니잖아."

토리고에의 그럴싸한 정론에 후시미의 말문이 막혔다.

"한 명이면 돼."

후시미가 삐진 듯이 입술을 삐죽댔다.

"그렇다네, 타카모리 군."

나한테 넘겨봤자 곤란하기만 한데.

"히메지, 점심시간은 어떻게 할 거야?"

돌봐주라는 말을 들었기에 수업이 시작되기 전에 물어보았다.

"저와 함께하고 싶은 건가요?"

"그런 건 아닌데."

"료는 같이 먹을 사람이 없나요?"

그녀는 놀리는 듯한 미소를 지으며 나를 들여다보고 있다.

"일단은 있어. 히메지랑 먹을 사람이 아무도 없지 않을까 해서."

"흐으음~?"

뭔가 의도가 담긴 듯한 미소를 보고 나는 고개를 갸웃거렸다.

"같이 먹어줘도 되는데요."

왜 그렇게 거만한 건데.

보아하니 이미 다양한 그룹에서 제안이 들어온 것 같은 히메지.

"그러는 게 학교 안내하기도 편하니까 말한 거라고."

후후후, 히메지는 쑥스러운 듯이 그렇게 웃었다.

"그런 걸로 해두죠."

어떤 건데.

"아이. 료 군은 학급 임원으로서 말을 건 거고, 업무의 일환이야."

"히나는 그렇게 생각하고 싶은 거군요."

"아니거든요오~."

나를 사이에 두고 뭔가 시작되었는데.

"료 군은 의외로 성실한 면이 있으니까. 와카가 한 말을 지키려고 하는 것뿐이니까."

"뭐든 딱히 상관없어요. 그렇게 발끈할 필요는 없잖아요."

후시미가 으이익, 하고 눈을 치켜뜨며 히메지에게 위협하는 시선을 날리고 있었다.

"히나는 여전히 '착한 애'로 지내고 있군요."

"그게 무슨 뜻이야?"

"말 그대로예요."

그러고 보니 당시에 나와 히메지는 그럭저럭 다투기도 했다. 후시미랑도 나름 다투었다.

하지만 제일 자주 다투었던 건———.

"아이도 그렇게 점잔 떠는 표정 짓는 거 여전하네. 나는 뭐든 다 알고 있어요, 같은 느낌으로 말이야."

"……."

히메지가 입을 다물었다.

그 대신 발끈, 하는 소리가 들린 것 같은 느낌이 들었다.

이 소꿉친구들은 싸울 만큼 사이가 좋다는 말로 나타낼 수 있는 전형적인 두 사람이라는 사실이 떠올랐다.

그러고 보니 이런 느낌이었지.

내가 감상에 젖어 있는 동안 내 좌우에서 두 사람이 뜨겁게 달아올라 있었다.

"일단은 안내해줄게."

"그런 태도를 보이는 사람에게 안내받을 필요는 없는데요."

히메지가 할 소리야?

찌릿, 후시미가 나를 노려보았다.

"료 군, 안내 안 해줘도 된대."

아, 내가 물어봤을 때도 그러긴 했지.

"그럼 안 해도 되려나."

"잠깐만요. 안내받기 싫은 건 아니에요."

그러니까 결론이 뭐야.

"저는 료가 학급 임원 일을 하느라 힘들 것 같아서……, 바쁜 모양이고…….'

히메지가 작은 목소리로 중얼거렸다.

아~. 내가 잡일이 많다고 해서 배려하는 마음에————.

"맞아, 료 군은 엄청 바쁘다니까. 아이를 신경 써줄 시간 같은 건 없어. 공부도 많이 해야 하고."

우와~. 깜빡 잊고 있었다. 오늘 방과 후는 히나 선생님이 강림하시는 날이었지.

"히나는 료의 뭐죠? 이것저것 멋대로네요."

"소꿉친구인데요, 뭐요!"

"저도 소꿉친구예요."

당장에라도 컹컹 울음소리를 낼 것 같은 후시미와 험악한 분위기를 드러내고 있는 히메지.

예전부터 알고 지냈던 사이고 오랜만에 만나기도 했는데 왜 사이좋게 지내지 못하는 거야…….

선생님이 들어왔기에 평소와는 달리 내가 인사를 맡기로 했다.

그게 계기가 되어 소꿉친구들의 다툼은 일시적으로 휴전하게 되었다.

지금 생각해보니 이런 식으로 후시미가 발끈하는 상대는 히메지 정도밖에 없었던 것 같아서, 오랫동안 알고 지낸 사람다운 일면을 볼 수 있었다.

점심시간이 되자 히메지는 제일 먼저 말을 건 여자애 그룹에게 둘러싸였다.

아쉬운 듯한 눈빛으로 이쪽을 한 번 본 그녀는, 아무 일도 없었다는 듯이 여자애들 사이에서 자연스럽게 이야기를 하기 시작했다.

교복도 예전 학교 교복이고 외모까지 어울려서 꽤 눈에 띈다. 쉬는 시간마다 다른 반 남자애가 히메지를 보러 오는 것도 이해가 된다.

나와 후시미가 돌봐주지 않아도 반에 적응할 수 있을 것 같다.

안심하고 있던 참에 후시미도 반 친구가 말을 걸어서 반쯤 억지로 식당에 끌고 갔다.

"료 군, 나중에 연락할 테니까~!"

후시미는 그렇게 손을 흔들면서 말하다가 복도에 있던 사람들에 가려져서 보이지 않게 되었다.

그럼 조용해졌으니 나는 느긋하게 점심시간을 보내야겠다.

내 쉼터인 물리실에 가보니 먼저 와 있던 토리고에가 들어온 나를 힐끔 보고는 바로 들고 있던 휴대폰으로 시선을 내렸다.

"히메지마 양, 인기가 꽤 좋네."

"전학생은 희귀동물 같은 거니까."

미모가 인기에 박차를 가하는 면도 있을 것이다.

쓴웃음을 지으며 항상 앉던 자리에 앉았다.

나는 마나가 챙겨준 도시락을 펼치고 먹기 시작했다.

이번에 히메지도 그랬지만, 후시미가 중학교나 고등학교에 입학했을 때도 대충 그런 느낌이었다.

"그런 애였을 줄이야."

"왜 그래?"

내가 묻자 토리고에는 아무것도 아니라며 고개를 저었다.

"그런데, 이건 혹시 삼파전……."

아까부터 토리고에가 혼잣말을 중얼거리고 있었다.

"전략이 필요하겠네……, 아니……."

그녀는 약간 떨어진 자리에서 팔짱을 낀 채 뭔가 진지한 표정을 지으며 끙끙댔다.

"저기, 둘 중 누구를 좋아했어?"

"뭐?"

"히이나하고 히메지마 양. 셋이서 소꿉친구고 자주 놀던 사이였지?"

"그렇긴 한데……."

떠올리다 보니 그랬던 것 같은 느낌도 들었다.

"애들은 단순하잖아. 항상 함께 노는 걸 좋아하는 마음이랑 엮어버리기도 하니까."

몇 번이나 같이 놀았고, 놀 때는 정말 즐거우니까 좋아한다.

응, 그럴싸하다.

어린애들처럼 그런 알아보기 쉬운 '좋아하는 마음'의 기준이 있다면 나도 고민하거나 곤란해하지 않았을지도 모르겠다.

"그러니까 타카모리 군도 둘 중 누군가를 좋아했던 게 아닐까 하고 생각했을 뿐이야."

"만약 그랬다 해도 지금 그럴 거라는 보장은 없잖아."

"그렇지. ……하지만 예외인 사람이 주위에 있으니까 확인을 좀 한 거야."

그렇게 기특한 녀석이 있어?

"히메지 양에게 학교를 안내해주는 거 아니었어?"

"그러려고 했는데 인기가 너무 많으니까 굳이 안 해줘도 될 까──."

싶어서. 그렇게 말하려고 했을 때, 물리실 문이 드르륵, 열렸다.

"여기 있었네요. 저를 내버려 두고 뭘 그렇게 느긋하게 지내고 있는 건가요."

방금 이야기가 나왔던 히메지가 허리에 손을 대고 토라진 듯이 눈살을 찌푸리고 있었다.

"내버려 두고라니……, 내가 아니더라도 다른 사람들이 내버려 두지 않았을 텐데."

"안내. 학급 임원이 할 일이잖아요?"

나 말고 후시미가 작전 수행 능력은 더 높은데 말이지.

어떻게 여기 있는 걸 알아낸 건지 의아해했는데 내가 들어가는 모습이 교실에서 보였다고 한다.

이 물리실은 거의 바로 맞은편에 있으니까.

다 먹은 도시락을 정리한 뒤에 히메지에게 재촉당하며 물리실을 나섰다.

"그렇게 신기한 곳은 없거든?"

미리 말해놓은 다음, 나는 특별 교실 건물부터 시작해서 교무실, 마침 창밖에 보인 클럽 활동 건물, 식당 순서로 히메지를 안내해주었다.

"평범하네요."

"그래서 미리 말했잖아."

눈에 잘 띄는 히메지는 복도를 걸어갈 때마다 사람들의 시선을 한데 모으고 다녔다.

운동장이 있는 곳을 설명한 다음, 나는 마지막으로 그녀를 체육관에 데리고 갔다.

안에서는 티셔츠에 교복 바지 차림인 남자애들 몇 명이 농구를 하며 놀고 있었다.

"여기가 아무런 특징도 없는 체육관이야."

"상상 이상도, 이하도 아닌 The 체육관이네요."

"뭐, 평범한 학교니까."

이 학교의 학과는 보통과고, 2학년은 여름방학이 끝난 뒤 문과, 이과 선택을 하는 것 말고는 특별한 게 아무것도 없다.

"초등학교 때, 체육관 기구 창고에서 놀았던 건 기억 안 나나요?"

"기구 창고에서?"

초등학생이 놀 만한 곳이긴 하지만, 히메지와 놀았는지는 기억이 안 난다.

반응이 둔한 나를 보고 히메지는 마음에 안 든다는 듯이 한숨을 쉬었다.

열려 있던 창고로 슬쩍 들어가는 히메지.

그 뒤를 따라가 보니 그녀가 두리번거리며 둘러보다 무언가를 발견했다.

"아, 이거요, 이거."

높이뛰기용 폭신한 매트다. 그녀가 거기 앉으니 몸무게가 가벼워서 그런지 푹신, 부드러운 공기 소리가 났다.

"저랑 놀았던 거, 전혀 기억 안 나나요?"

"전혀는 아닌데."

그녀가 툭툭, 옆을 두드렸기에 나는 거기에 살짝 걸터앉았다.

기구 창고 밖에서는 들뜬 남자애들의 목소리와 공이 튕기는 소리가 잘 들렸다.

"저는 다 기억하고 있어요."

"그래?"

"전학 가기 전까지, 즐거웠으니까요."

아무것도 신경 쓰지 않고 천진난만하게 놀 수 있었던 초등학생 시절.

지금은 여자애에게 놀자고 말하는 것조차 장벽이 높게 올라갔고, 좋아하는 건지 아닌지 하는 심리전이나 밀고 당기기 같은 것에 휘말리게 된다.

"후시미하고 사이좋게 지내줘."

"어째서죠? 아, 어째서냐는 건 어째서 일부러 그런 말을 하냐는 건데요."

"양옆에서 말다툼을 하면 한가운데 있는 내가 힘들거든."

아하하, 히메지가 웃었다.

"항상 그랬을 텐데요."

"그렇긴 한데, 좀 더 어른이 되어줬으면 한다고 할까."

초등학생도 아니고.

"자각하고 있는 한, 저는 여전히 저고 히나는 여전히 히나예요. 그러니까 그렇게 말다툼을 해버리는 거겠죠, 분명. 하지만……."

꾸욱, 그녀가 내 넥타이를 잡아당겼다.

히메지의 얼굴이 바로 앞으로 다가왔고, 깜짝 놀란 순간에 그녀가 나를 살짝 밀쳐서 다시 멀어졌다.

너무 갑작스러워서 머리와 몸이 따라잡지 못했기에 그대로 매트에 쓰러지자 양쪽 귀 옆에 히메지가 두 손을 짚었다.

"뭔가 할 말 없나요?"

도발적인 눈빛, 말투로 유혹하듯 나를 들여다보고 있다.

"갑자기 무슨 짓이야."

"생각나는 게 아무것도 없나요?"

생각나는 거?

그렇게 물어본 히메지는 무심코 표정이 풀린 모양새로 쿡쿡 웃었다.

"한 마디 충고하죠. 제가 료를 아직 좋아한다는, 그런 형편 좋은 일은 없을 테니까요."

아직이라면…….

"초등학교 때는 그랬단 말이야?"

그녀는 진지한 표정으로 입을 다물고 있다가 말실수를 눈치챈 건지 얼굴이 빨갛게 물들기 시작했다.

"말꼬리를……, 그, 그렇다고 몇 번이나 말했었는데……, 정말, 어째서 기억 못 하는 건데요, 이 남자는."

찰싹찰싹, 그녀가 내 가슴을 때렸다.

"아……. 자주 그런 말을 듣곤 하지. 미안해."

"그때 이야기니까 이제 됐어요."

그녀의 말이 엄청 빨랐다.

공을 넣으러 온 남자애가 뭔가를 눈치챘는지 안으로 들어오지 않고 공을 살며시 이쪽으로 굴렸다. 정리해두라는 거겠지.

"히메지, 슬슬."

"이미 다른 사람하고 키스했나요?"

"어?"

후시미의 얼굴이 머릿속을 스쳤다. 그와 동시에 어째서 그런 걸 물어보는 거냐는 생각이 들었다.

"……아뇨, 아무것도 아니에요. 잊어주세요."

## ② 밀담

"료 군, 료 군?"

방과 후. 도서실에서 공부를 하고 있자니 맞은편에 앉아 있던 후시미가 나를 들여다보았다.

"어, 그래, 응. 왜?"

"아까부터 정신이 다른 곳에 가 있네. 무슨 일 있었어?"

"아니. 아무것도 아니야."

"그럼 집중해."

히나 선생님이 그렇게 말하며 다시 문제를 해설해주기 시작했다.

입구 근처에 있는 카운터에서는 도서위원 당번인 토리고에가 두꺼운 하드커버 책을 읽고 있었다.

체육 창고에서 히메지는 왜 그런 말을…….

"히메지, 그런 애였나?"

"그럴걸? 내 머릿속에 있는 아이는 그런 느낌이었고, 오랜만에 만났는데 별로 바뀐 게 없어 보여."

"어른스러워진 것 같은데."

"그야 나이가 들었으니까."

후시미는 그렇게 말한 다음 나를 빤히 바라보고, 머리카락을 쓸어올리거나 팔짱을 살짝 끼기도 했다.

"왜 그래? 정신 사납게."

"나도 어른이 되었다구."

거의 날마다 얼굴을 보고 지내니 그런 사소한 변화 같은 건 눈치채기가 힘들다.

히메지처럼 오랜만에 만났다면 눈치채기도 했겠지만.

풀 죽은 듯한 눈초리를 보이던 후시미는 매끈한 입술을 가녀린 손가락으로 한 번 쓰다듬었다.

그런 연기일 것이다.

순간적으로 빨려 들어가는 듯한 느낌이 들었다.

"어른스러움만 놓고 보면 히메지랑은 뭔가 다른 것 같단 말이지."

"다르지 않다고오~."

히메지는 좀 더……, 아, 그렇구나.

이제야 후시미와 뭐가 다른지 알겠다.

히메지는 나올 부분이 확실하게 나와 있으니까.

"료 군."

후시미가 장난을 친 개를 혼내는 듯이 눈을 흘기며 나를 보았다.

"야한 걸 생각하는 듯한 눈빛이었는데."

"안 그랬어. 야한 거라니, 예를 들자면?"

"어? 야한 건 야한 거야! 그 이상도, 그 이하도 아니니까."

얼굴을 붉게 물들인 후시미가 억지로 화제를 마무리하려 했다.

큰 목소리가 나왔기에 토리고에가 시선을 한 번 던졌다가 어이가 없다는 듯이 다시 책을 내려다보았다.

"히이나, 조용히 해."

"미안해. 료 군이 이상한 말을 해서."

"응, 들었어."

"이상한 말은 안 한 것 같은데?"

토리고에에게 확인을 받아보자.

"안 했을지도 모르겠지만, 곤란해하는 히이나를 바라보고 있었던 건 나도 알아."

도서실을 이용하는 사람은 우리를 포함해서 다섯 손가락에 꼽을 정도. 몰래 이야기하지 않으면 대화 내용이 다 들려버리는 모양이다.

어흠, 후시미가 헛기침을 하고는 내게 문제집을 풀라고 지시했다.

나는 샤프를 쥐고 1번 문제를 풀려다 목소리를 낮춰서 말했다.

"저기, 후시미."

내게 맞춰서 후시미도 작은 목소리로 대답했다.

"응? 벌써 모르겠어?"

"아니, 그게 아니라."

히메지가 체육 창고에서 물어봤기에 생각났다.

후시미와 그 일이 있었던 이후로 지금까지 제대로 건드린 적이 없었던 것 같다.

"산에서 바비큐 다음에 불꽃놀이를 했잖아. 그때 있었던 일 말인데."

"앗, 엇, 여기서 이야기하게?"

그녀는 허둥지둥 당황하다가 '저기, 저기, 잠깐만 기다려'라고 말하며 펼친 문제집을 얼굴 옆에 가져다 댔다.

나까지 얼굴을 가져다 대면 속삭이기만 할 때보다 알아듣기 힘들어질 것이다.

나는 후시미가 들고 있던 문제집 반대쪽을 들고 얼굴을 가져다 댔다.

""......""

생각했던 것보다 얼굴이 가깝다.

볼을 붉히기 시작한 후시미가 눈을 살며시 피했다.

"부, 부끄럽네, 이거."

"그, 그러게."

그냥 속삭이며 이야기하기로 했다.

"있지, 확인하는 건데 키스는⋯⋯, 사귀지 않는 상황에서 해도 되는 거야?"

"어?"

후시미가 깜짝 놀라며 눈을 동그랗게 떴다.

"⋯⋯버, 범죄는 아니니까 세이프 아닐까."

"그렇구나. 세이프, 겠지."

"정조 관념이 너무 옛날 시대 아냐⋯⋯?"

뭐라고 해야 하나, 단계를 거쳐서 그런 걸 하는 거라고 생각했고, 원래 그러는 법이라고 생각했다.

하지만 후시미의 가치관으로는 세이프였다⋯⋯.

"저, 저기⋯⋯, 키스는, 그게⋯⋯, 애정 표현의 일종이기도 하니까."

후시미는 쑥스러워하며 문제집을 빠르게 여러 페이지 넘겼다.

"그, 그래도, 나도 좀 기세가 지나쳤다고 해야 하나……, 좀 더 괜찮은 느낌으로 했다면 좋았겠지만."

그녀의 손이 페이지를 마지막까지 넘긴 다음, 이번에는 원래 있던 곳으로 돌아가려는 듯 다시 움직이기 시작했다.

샥, 샥, 샥.

넘기는 페이지에 비례해서 후시미의 눈이 만화처럼 빙글빙글 돌아갔다.

"생각을 너무 많이 해서 열이 나. 속도 좀 안 좋은 것 같고……."

머리에 과부하가 걸린 상태였다.

"괜찮아?"

"괜찮아, 괜찮아."

후시미는 그렇게 말하며 가지고 있던 손수건으로 얼굴을 가렸다.

"거의 억지로 한 거니까, 나도, 사과해야겠다고 생각은 했는데———."

"괜찮아, 사과 안 해도."

별로 신경 안 쓰니까, 라고 말하면 키스를 완전히 부정하는 느낌이 될 것 같다.

나는 그때 허를 찔렸다는 놀라움과 키스당한 충격이 합쳐져서 거의 굳은 상태였다.

이런 말을 다른 사람에게 하면 분명히 비웃음을 살 것이다. 후시미는 손수건을 집어넣고는 눈을 내리깔았다.

"료 군이 생각하는 것만큼 나는 착한 애가 아니거든?"

"나쁜 녀석도 아니잖아."

"아니. 꽤 많이 치사한 짓을 했어."

……치사한 짓?

후시미의 시선이 내게서 벗어났다. 그 끝에는 토리고에가 있었고, 곧바로 시선이 내게 돌아왔다.

"그래도 말이지, 잊어달라는 말은 안 할 거야."

그녀는 선언하는 것처럼 말한 다음 이야기를 계속 이어나갔다.

"있지. 료 군은 키스하고 싶다고 생각한 적 있어?"

"뭐야, 갑자기."

"나는, 있어."

이쪽을 똑바로 바라보는 후시미. 귀까지 빨개진 채 얼굴이 달아올라 있었다.

후시미의 머리카락에서 나는 좋은 향기가 코끝에 화악 퍼졌다.

할 때까지는 어떤 느낌일까 상상해본 적은 있었다.

키스했다고는 해도 한순간이었다. 하지만 감각은 아직 기억하고 있다.

나는 시선이 입술에 가려던 것을 겨우 참았다.

후시미는 잠깐의 침묵을 견디지 못하게 되었는지 두 손으로 얼굴을 가리며 책상에 엎드려버렸다.

"아, 아무것도 아니야. 잊어줘."

그녀는 그렇게 말하며 다리를 버둥거렸다.

"도서실에서 염장질하지 마."

도서위원이 싸늘한 목소리로 주의를 주었다.

"안 했어."

내가 부정하자 후시미는 쑥스러워하며 에헤헤, 웃었다.

"혼나버렸네."

느긋한 그녀를 보고 나는 한숨을 한 번 쉬었다.

# ③ 세 소꿉친구

◆타카모리 마나◆

단골 슈퍼에 와서 가게 앞에 붙어 있는 전단지를 둘러보았다.

"흐음. 오늘은 냉동식품이 싸구나~."

마나는 휴대폰을 꺼내 SNS 어플을 켰다. 유명인의 글을 확인하는 것도, 자기가 올린 글에 달린 좋아요를 확인하기 위한 것도 아니었다. 검색란에 근처 슈퍼 이름을 입력하고 검색했다.

그러자 가게에 대해 누군가가 올린 글이 떴다.

갈지 말지 망설였던 다른 슈퍼는 오늘 별로 저렴하지 않은 것 같다는 사실을 확인했다.

장바구니를 들고 가게 안으로 들어가자 신선식품 매장에서 히나를 발견했다.

"히나~."

"아, 마나. 헬로."

"안녕~. 뭐 하고 있어~?"

"심부름을 좀 부탁받아서."

쑥스러워 보이는 미소가 눈부시다. 마나도 내년에는 같은 학교에──. 그렇게 생각하고 있긴 하지만, 얼마 전에 담임 선생님에게 들었던 성적이 좋으니 좀 더 상위 학교로 바꾸지 않겠냐는 이야기가 생각났다.

"오빠야하고 같이 있는 게 아니었네?"

"아, 류 군하고는 좀 전에 헤어졌거든."

그럼 지금쯤 오빠는 집에 있겠구나. 어차피 적당히 주스 같은 걸 컵에 따라서 방에 가 있겠지.

잡담을 하면서 둘 다 필요한 걸 장바구니에 넣기 시작했다. 어머니에게 받은 식비에는 아직 여유가 있을 것 같았기에 오빠가 좋아할 만한 과자도 하나 추가로 넣어두었다.

초등학생 때 헤어지게 되었던 다른 소꿉친구, 히메지마 아이가 오빠와 히나가 다니는 학교에 전학 왔다는 이야기를 히나에게 들었다.

"또 셋이서 함께 지내겠네."

"그렇기는 한데~."

예상과는 달리 히나의 반응이 둔했다.

"히나, 혹시 경계 모드야? 오빠야를 뺏겨버릴지도 몰라, 같은 거."

"읏……, 아, 아니야."

알아보기 쉽다.

"그렇지~?"

그게 이 소꿉친구의 장점이기도 하기 때문에, 깊게 파고들지는 않고 따스한 눈빛으로 화제를 넘겨주기로 했다.

"히나는 왜 오빠야를 좋아하는 거야?"

"어?"

"이유가 뭘까 신기해서."

"그런 거, 저기, 아니니까."

당황하다가 쑥스러워하다가, 참 바쁜 사람이다.

"괜찮아~, 괜찮아~, 숨기지 않아도 돼."

쿡쿡, 히나를 찔러대자 그제야 포기했다.

"료 군은, 안심이 되니까."

"무슨 말인지 알겠어."

그래, 그래. 마나는 그렇게 말하며 고개를 크게 끄덕였다.

"그것 하나만으로 오빠야를 좋아하는 거야?"

운동을 잘하는 것도, 공부를 잘하는 것도 아니다.

중학생에게는 그런 '알아보기 쉬운 것'이 가장 큰 매력이고, 그 중 제일이 외모일 것이다. 시험으로 따지면 배점도 꽤 높다.

안심감 같은 매니악한 일면을 고른 히나는 꽤 취향이 수수하다고 할 수밖에 없다.

"료 군은 아무 데도 흥미가 없는 것 같으니까, 그게 좋다고 해야 하나."

"그게 장점이야?"

후후, 마나는 자기도 모르게 웃었다.

"내게는 말이지."

방긋 웃는 그 미소에는 여자인 마나가 보기에도 가슴이 두근거릴 정도로 '알아보기 쉬운' 매력이 있었다.

"초등학교 정도부터 다들 무슨 일만 있으면 내게 오거나, 말을 걸거나, 학교에서도 그렇고 사생활 면에서도 놔주질 않았거든."

중학교 시절이 생각난다. 입학했을 무렵, 같은 반뿐만 아니라

1학년 남자애들도 여자애들도 3학년에 엄청난 미소녀가 있다는 이야기만 했었다.

"오빠야에게는 딱히 신경 쓸 일도 아니겠지, 그런 거."

"료 군은 전혀 변하지 않았어, 정말로. 내가 어떻게 되든, 반 친구들이 보는 눈이 바뀌든, 인기가 있든 없든, 변함없이 그 무렵 같은 태도로 대해주니까."

그 안심감이라는 게 히나에게는 유일무이한 존재였던 모양이다.

"본인은 축 늘어져 있기만 하고 바뀌려 하질 않으니까 오히려 신경 써주고 싶어져."

히나는 뭔가 생각난 듯이 쿡쿡 웃었다.

"세상 남자들이 들으면 눈물을 흘리면서 기뻐할 만한 말이네."

신경 써주고 싶어진다니. 오빠는 그런 말을 들으면 진심으로 마음에 안 든다는 표정을 짓겠지만.

둘이서 다른 계산대에 줄을 선 다음, 계산을 마치고 에코백에 산 물건을 넣었다.

"마나, 기특하네……."

"뭐가?"

"백……."

"음~. 슈퍼 봉투는 남곤 하잖아? 필요도 없고, 에코백이 낫지 않아?"

히나는 옆에서 담던 손을 멈추고는 호오오오, 하며 감탄만 보내고 있었다.

"갸루인데."

"그치~?"

이히히 웃은 마나는 백을 어깨에 걸치고 가게를 나섰다. 중간까지 히나와 같은 길로 가기에 걷고 있자니 다른 소꿉친구와 마주쳤다.

"아~. 아이! 어제 보고 또 보네!"

"어제 보고 또 보네요."

서로 손을 흔든 다음, 아이가 이쪽으로 걸어왔다. 히나와는 장르가 다른 미소녀라서 어제 봤는데도 빤히 보게 되어버렸다.

"왜 그러시죠?"

"아니. 아이, 성장했구나, 여러모로."

"그게 무슨 소리인가요."

아이가 그렇게 말하며 웃었다.

"마나도 그런데요."

청초하고 소박한 히나와는 달리 아이는 왠지 화려한 느낌이 들었다. 예를 들자면 해바라기와 장미의 차이라고나 할까.

"아이, 료 군이 학교를 안내해줬다던데."

"네. 히나에게도 부탁하려고 했는데 바쁜 것 같아 보여서요."

으으윽, 뭔가 생각났는지 히나가 입을 다물었다.

"주위에 따라다니는 사람이 많아서 힘들겠네요?"

"평소엔 이러지 않고, 료 군이랑 점심시간을 보낼 때도 있으니까."

"한가해 보이길래 료에게 부탁했을 뿐이에요."

"그렇구나."

별다른 뜻이 없어 보이는 대답을 듣고 히나가 가슴을 쓸어내렸다는 걸 알 수 있었다.

나란히 걸어가다가 예전을 떠올리고는 쿡쿡 웃었다.

"누가 오빠야하고 결혼할지를 놓고 싸운 적이 있었지~."

움찔, 히나가 제일 먼저 반응을 보였다.

"아마 우리가 초등학교 2학년 정도였을 때겠죠."

그에 비해 아이의 대답은 냉정했다.

"응. 내가 아직 유치원 다닐 때니까 그럴 거야."

"최종적으로 히나가 마구 울어대서 어떻게 해볼 수가 없었던 건 기억이 나네요."

"아하하. 그랬지, 그랬지."

"아, 아니야. 아이가 갑자기 '료는 저를 좋아한다고 했어요!'라는 말을 꺼냈잖아."

"기억이 안 나네요."

"치사해~. 그렇게 창피한 부분만 기억나지 않는다니! 정말 형편 좋은 기억력이구나."

"히나도 울기만 하면 어떻게든 될 거라 생각하고 그런 거 아닌가요?"

시작했네, 시작했어. 마나는 약속된 전개를 지켜보는 듯이 눈을 가늘게 떴다.

"이 느낌, 정겹네~. 그래도 마지막에는 내가 결혼하면 다들 싸울 일이 없을 거라고 정리되었던 것 같은데."

""그렇게 정리되진 않았어.""

들켰나.

마나는 고개를 돌리고 혀를 살짝 내밀었다.

평소에는 이런 식으로 말다툼을 하진 않지만, 마찰이 생길 때는 보통 오빠가 원인이 되곤 한다.

"다음에 아이의 환영회를 하자."

"그거 좋네."

다투긴 하지만 악감정은 없기에 히나가 쉽사리 맞장구를 쳤다.

"괘, 괜찮아요, 그런 거. 굳이 해주지 않아도……, 폐가 될 테니까……."

"부끄럼쟁이."

"그치~."

"시, 시끄러워요. 그런 거, 껄끄럽다고요."

아이가 부끄러운 마음을 숨기려는지 작은 목소리로 말하고는 고개를 돌렸다.

그 모습을 보고 마나와 히나는 서로 마주 보며 웃었다.

다들 전혀 변하지 않았다는 게 기쁘고 즐거웠다.

## ④  조 편성과 뒤처진 남자애

쉬는 시간에도 히메지의 인기는 식을 줄을 몰랐고, 잠깐 화장실에 가려고 자리를 비우면 반 친구가 내 자리를 차지하고 있는 경우가 자주 있곤 했다.

"힘들겠네, 료 군."

"후시미가 옆자리에 앉았을 때도 이런 느낌이었는데 말이지."

"어~? 그랬나?"

자기 일은 별로 기억나지 않는 모양이다.

"있지, 히메지마 양, 어제———."

"체육 창고에서 그랬다며?"

"남자는 누군데?"

그런 이야기가 오늘 아침부터 슬쩍슬쩍 들리곤 했다.

덮치고 있는 듯한 모습을 농구하던 남자애들에게 완전히 보였으니까…….

특히 히메지는 외모도 그렇지만 교복이 다른 학교 교복이라 더 눈에 띈다.

전학 온 첫날, 전학생이 체육 창고에서 남자를 덮쳤다———.
그런 선정적인 화제는 평범한 일상을 지내던 우리에게 자극이 너무 강했던 것이다.

그 이야기를 들었는지 후시미가 조용히 내게 물었다.

"아이, 어제 무슨 일 있었어?"

사실대로 말할 수는 없다. 다행히도 아이가 덮친 남자가 나라는 사실은 알려지지 않았기에 모르는 척하면 넘어갈 수 있을 것이다.

"무슨 일 있었나."

모르는 척하며 시치미를 떼보았다.

"무슨 일이고 뭐고 없어요."

사람들 너머에 있던 히메지가 그 말을 듣고 소리쳤다.

귀가 너무 밝잖아.

"그렇죠? 료."

"……."

마치 창 같은 시선이 등 너머로 느껴진다.

"뭐야. 둘이서 비밀?"

살며시 돌아보니 역시나, 후시미가 토라짐 MAX였다.

"비밀이라고 해야 하나……, 딱히 대단한 건."

"료는, 그런 게 대단하지 않은가요? 어느새 꽤 인기가 많아졌군요."

방긋 웃은 히메지의 미소는 전혀 무너지지 않았다.

껄끄러워…….

"나만 따돌리고, 너무해."

후시미가 풀 죽어버렸다.

"너 때문에, 후시미가."

"저는 상관없잖아요? 료는 항상 히나 편만 드네요."

이 녀석, 말꼬리만 잡고…….

히메지를 둘러싸고 있던 사람들이 우리를 지켜보고 있었다.

"후시미 양에 반장님까지 사이가 좋구나, 히메지마 양."

"초등학교 때, 전학 가기 전까지 함께 지냈어요."

히메지가 슬쩍 설명하자 다들 납득했다.

어제는 어느 정도 서먹하긴 했지만, 오늘은 예전처럼 히메지와 이야기를 할 수가 있다. 후시미도 그건 마찬가지인 모양이었다.

담임인 와카가 교실로 오자 히메지를 둘러싸고 있던 학생들이 제각각 자기 자리 또는 자기 반으로 돌아갔다.

오늘 마지막 수업은 홈룸.

학교 축제에 내놓을 독립 영화 이야기를 하나 싶었는데, 토리고에가 화제로 꺼냈던 그 이야기였다.

"학교 축제는 독립 영화를 찍기로 결정된 모양이구나. 선생님은 어차피 정하지도 못할 테니까 수학여행 버스 안에서 얘기하면 될 거라 생각했는데."

와카가 아하하 웃었다.

이봐, 이봐. 즐거운(아마도) 수학여행을 가면서 그런 걸 시킬 생각이었냐고.

"다른 반도 아직 정하지 못했으니까 우리 반은 꽤 괜찮은 편 같아서 선생님도 우쭐해지는데?"

와카의 시선이 나와 후시미에게 쏠려서 왠지 쑥스러워졌다.

"히메지마 양, 우리 반은 가을 학교 축제 때 직접 찍은 영화를 상영하게 되었거든. 혹시 싫을지도 모르겠지만 협력해주렴."

"네. 알겠습니다."

히메지는 곧바로 대답했다.

연극을 배우고 있는 후시미가 있었기에 외모도 한몫해서 주역
은 정해졌지만, 만약 히메지가 그때 있었다면 이야기를 더 나누
게 되었을지도 모르겠다.

책상 안쪽에서 구겨져 있던 프린트를 끄집어냈다.

후시미가 프레젠테이션용으로 만든 프린트였고, 영화 제작의
흐름이 적혀 있다.

"호오."

내 손 근처를 보고 있던 히메지가 감탄했다는 듯이 말했다.

"의외로 제대로 하고 계시네요."

"뭐, 그렇지. 어린애들처럼 유치한 게 아니라 제대로 된 걸 열
심히 만들어보고 싶다는 느낌이니까."

"괜찮네요."

생각보다 평가가 좋았다.

흥미가 있어 보였기에 구겨진 프린트를 히메지에게 주었다. 나
는 필요하면 후시미에게 물어보면 되니까.

후시미가 손으로 쓴 프레젠테이션 자료를 히메지가 빤히 바라
보았다.

"이거, 히나가 만든 거 아닌가요?"

"정답. 용케도 알았네."

"글씨체는 쉽게 바뀌지 않는구나 싶네요. 그런데 더 없나요?"

어이없어하는 히메지에게 나는 '없어'라고 무뚝뚝하게 대답했다.

우리가 몰래 이야기를 하고 있던 동안 여행 안내 책자가 배부됐다.

한 부를 챙기고 나머지를 뒤로 넘겼다.

바로 장소와 일정을 확인해보니 2박 3일 일정에 거의 관광 여행에 가까운 내용이었다.

"기대된다, 료 군."

웅성대는 와중에 와카가 손뼉을 두 번 쳤다.

"자자, 조용. 일정을 보면 알겠지만, 조별로 다니는 시간이 있으니까 조를 정할 거예요. 대충 대여섯 명 정도려나? 짜고 나면 조장을 정해서 조장 중심으로 행동계획표를 짜고———."

대여섯 명…….

몇 명끼리 그룹을 짜라는 지시는 평소였다면 싫기만 했겠지만, 다행히도 이번에는 토리고에가 먼저 말해줬으니 나, 토리고에, 후시미, 이 세 사람은 확정이다. ……맞겠지?

뒤에 있던 사일런트 뷰티 토리고에를 힐끔 보니 얼굴이 약간 굳어 있었다.

제안을 하긴 했지만 제대로 따라줄 건지 걱정이 되는 건지도 모르겠다.

그럼 조를 짜라~, 하는 와카의 호령에 각자 자리에서 일어나 그룹을 만들기 시작했다.

"영차."

후시미가 책상을 붙였고, 비어버린 앞자리로 토리고에가 왔다.

우리는 얼굴을 맞대고 응, 하며 고개를 끄덕였다.

"아이도 어때?"

의외로 히메지를 끌어들이려는 반 친구는 아무도 없었다. '전학생'에게 흥미가 있더라도 사이좋게 지내는 그룹에 끌어들이는 것과는 또 다른 모양이었다.

"괜찮으시겠어요? 일단 히나가 싫어할 것 같은데요."

"아니, 그렇지 않아."

후시미가 미소를 지으며 대답했다.

"히메지 양, 들어와."

가장 먼저 제안한 토리고에가 그렇게 말했기에 나도 맞장구를 쳤다.

"히메지, 들어와. 이대로 가다간 선생님들 조에 가게 되어버릴 거라고."

"여러분, 저를 좋아하시는군요……."

쑥스러움을 감추려는 듯 그렇게 중얼거린 히메지는 부끄러워하며 머리카락을 손가락으로 만지작거렸다.

"나는 아이가 좋은데."

"굳이 말하지 않아도 돼요."

"아이는 내가 좋아?"

"시, 싫어요."

그런 말을 듣고도 후시미는 방긋방긋 웃고 있었다.

히메지를 다루는 법을 완전히 이해한 모양이었다.

"토리고에는 어때? 히메지 말이야."

"어? 모르겠어. 그래서 흥미가 있어."

그녀다운 대답이었다.

주위를 둘러보니 그룹이 거의 다 정해져 가고 있었다. 남녀 혼합으로 시끌벅적한 그룹과 클럽 활동을 통해 한데 뭉친 여자애, 남자애 그룹.

"다른 남자애가 들어올지도 모르겠다고 생각했는데, 그렇진 않네."

"들어와도 말이지, 흑심이 뻔히 보이니까 좀 싫을지도 몰라."

후시미가 그럴싸한 말을 했다.

"마구 경계당하고 있는데 사이좋게 지내려 하다니, 엄청난 용사나 바보, 둘 중 하나네요."

히메지도 비슷한 의견인 모양이었다.

하지만 우리는 아직 네 명. 한두 명 정도 더 필요하다…….

누군가 없을지 찾아보고 있자니 조에 들어가지 못하고 뒤처진 듯한 남자애가 한 명 있었다.

"이런……, 이미 대충 다 정해진 것 같은데."

곤란하다는 듯이 머리를 긁는 남자애. 얼굴에는 뭔가 자국이 남아있었다. 아마 자고 있었던 모양이다.

학교 축제 때 뭘 할지 정하는 회의 때 사이좋게 지낼 수 있었을 것 같다고 생각했던 사람이다.

"있지, 쟤도 끼워줘도 될까?"

"나는 괜찮아."

후시미가 그렇게 말하자 토리고에와 히메지도 고개를 끄덕였다.

……우와, 긴장되네.

"……데구치 군."

토리고에가 조용히 이름을 가르쳐 주었다.

땡큐, 토리고에.

"데……, 데, 데구치 군. 우리 조에 들어올래? 만약에 괜찮다면 말이지만."

"어? 진짜로? 아니~. 예쁜 애밖에 없잖아. 나 같은 물벼룩이 들어가도 되는 거야?"

그렇게 말하면서도 이쪽으로 다가오는 데구치 군. 귀가부 같아 보이는 데구치 군은 여우처럼 째진 눈이 특징이었다.

데구치 군은 후시미 앞자리로 와서 의자 등받이를 돌리지 않고 그대로 앉았다.

"타카모리 군에게 스카웃당했으니 들어와야지. 그러니까 잘 부탁한다."

각자 인사를 하는 와중에 나는 따로 생각하고 있었다.

"아니, 덕분에 살았어. 그대로 가다간 미묘한 조에서 미묘한 표정으로 초대해서 어쩔 수 없이 들어가게 되었을 테니까."

다행이다~, 하며 데구치 군은 내가 초대해준 걸 진심으로 고마워하고 있었다.

역시 데구치 군하고 친구가 될 수 있을지도 모르겠다. 왠지 드는 생각일 뿐이지만.


행동계획표라는 프린트를 조별로 받고, 대표로 후시미가 그걸 쓰게 되었다.

미리 학교 쪽에서 정해둔 절이나 시설을 몇 군데 돌아봐야 하긴 하지만, 그 과정이나 순서, 스케줄 같은 건 조별로 각자 정하는 모양이었다.

"처음에는 여기에 가고———."

히메지와 토리고에, 후시미가 프린트된 지도를 들여다보았다.

여자애들이 머리를 맞대고 회의를 하고 있기에 나와 데구치 군은 끼어들지 못하고 있었다.

휴대폰 지도 어플로 볼까 했지만, 휴대폰을 가지고 오는 건 금지되어 있기에 꺼낼 수도 없다.

데구치 군은 실눈으로 세 사람이 시끌시끌 떠드는 모습을 바라보고 있었다.

"이럴 때 남자는 약하단 말이지."

"그, 그래……."

어떤 태도로 이야기를 해야 할지 약간 망설였다.

그냥 이야기하면 될 것 같긴 하지만, 내 '그냥'은 어떤 거였지?

"딱히 가고 싶은 곳도 없으니까 상관없긴 한데~."

그렇게 말하고 혼자 깔깔대며 웃는 데구치 군.

"작년은 몇 반이었어?"

내가 방금 생각난 걸 묻자 곧바로 A반이었다고 대답해 주었다.

"그렇구나."

딱히 그 반에 아는 사람이 있었던 것도 아니라 화제가 단숨에 끝나버렸다.

이제 와서 생각하는 건데, 난 혹시 말재주가 없나———.

이쪽으로 흘끔 시선을 보낸 토리고에가 나와 데구치 군을 번갈아 가며 본 다음 다시 고개를 돌렸다.

"타카모리 군이 좀 이상해."

"료 군이?"

"료는 보통 이상한데요?"

야, 히메지. 다 들린다고.

"데구치 군에게 말을 걸고 있어."

"반 친구 모두에게 흥미가 없었던 료 군이———?!"

후시미가 갑자기 나를 돌아보았다.

처음으로 걸음마를 한 아이를 보는 것처럼 기대와 자상한 마음이 담긴 시선이었다.

성장을 지켜보는 듯한 눈으로 보지 마. 그러지 말라고.

"타카모리 군은 그거 아니었어? 학원 축제 때 카페 했었지?"

"어? 어떻게 아는데?"

"후시미 양을 보러 갔더니 성실하게 일하던 남자애가 있어서 기억하고 있었던 것뿐이야."

그렇긴 한데, 용케도 기억하고 있구나.

데구치 군이 말한 대로 적당히 참가했던 작년 학원 축제 때는 시키는 대로 카페 당번 일을 조용히 하기만 했다. 교대할 시간이 되었는데도 돌아오지 않는 반 친구 대신 계속 당번을 맡고 있었다.

그렇게 설명하자 데구치 군은 어깨를 흔들면서 웃었다.

"나였으면 분명 땡땡이쳤을 텐데."

"나도 그러려고 했는데, 성실한 여자애가 있어서."

그 여자애를 힐끔 봤다.

"여, 여기! 분명 이 근처에 있었어! 타르트가 엄청 유명한 가게!"

후시미는 그 가게의 프레젠테이션을 열심히 하고 있었다.

작년 학교 축제 때는 중학교 때와 마찬가지로 거리감이 있었던 후시미와 나.

그때도 후시미는 성실했기에 친구들의 제안을 거절하고 돌아오지 않는 학생들 몫까지 일을 열심히 했다.

"난 땡땡이쳐도 딱히 할 일도 없이 시간만 때웠을 테니까."

나는 어색한 미소를 지었다.

"혹시 괜찮으면, 타카모리라고……, 그냥 불러도 돼."

"그럼 나도 데구치라고 불러."

이런 걸 굳이 말로 하던가?

지금까지 친구의 호칭을 바꿀 때 미리 확인했었나. 너무 오랜만이라 자연스러운 흐름이 뭔지 전혀 모르겠다.

"들어봐. 타카모리 군이랑 데구치 군의 거리가 가까워지고 있어."

"방금 호칭을 바꿨지."

"신기한 일인가요?"

""신기해.""

야. 관찰하면서 보고하지 마. 꽤 창피하다고.

"아, 그렇지. 료 군. 타르트 가게 갈 건데, 괜찮을까? 데구치 군도."

우리가 대충 알겠다고 대답하자 후시미는 곧바로 여행 회의를 하러 돌아갔다.

"아까 후시미를 보러 왔다고 하던데, 그건———."

"그래. 학교 제일의 미소녀가 있는 카페라면 나는 학교 축제가 아니라도 갔을 거야. 아니, 남자들은 다들 그랬을걸?"

하지만 뭔가 코스프레를 한 것도 아니고 앞치마와 마스크, 삼각건 같은 조리 실습 스타일로 차려입었기에 실망했을 것이다.

"마스크 같은 걸 하고 있어서 솔직히 말해 누가 후시미 양인지 전혀 몰랐지만 말이야."

"아, 역시?"

"큰맘 먹고 코스프레 같은 걸 해줬다면 입장료를 받아도 될 정도로 사람이 잔뜩 왔을 텐데."

웨이트리스라면 모를까, 음료를 준비하는 주방에 있었으니 데구치처럼 왔다가 실망한 손님도 많았을 것 같다.

여자애 세 명이 시끌시끌 떠들고 있는 와중에 데구치가 목소리를 낮춰서 말했다.

"……타카모리, 후시미 양이랑 소꿉친구치고는 사이가 너무 좋지 않아?"

"사이가 나쁜 건 아닌데, 너무 좋은 것까지는……."

소꿉친구와의 적당한 거리감이 어느 정도인지 문득 생각하게 됐다.

등하교를 함께 하거나, 같이 임원을 하면서 도와주거나, 가끔 집에서 놀거나.

내가 알고 있는 '친구'라는 것과 별로 다를 게 없는 것 같은 느낌이다.

그날 키스에 대해서는 너무 버거워서 어떻게 받아들여야 할지 모르고 있다. 후시미는 사과하고 싶다고 했지만.

"사실 사귀고 있다던가."

생각지도 못한 말을 듣고 콜록콜록, 사레가 들렸다.

"왜 그렇게 되는데."

"그런 식으로 전혀 안 보이는 건 또 아니니까. 내가 아는 소꿉친구들은 그렇게 사이좋게 지내지도 않고, 남녀가 되면 아무래도 그런 생각을 하게 된단 말이지."

미안하다고 데구치는 덧붙였다.

"사춘기 남녀가 같은 교실에서 학교생활을 하는 것뿐인데, 어째서 이렇게 연애 쪽으로만 생각해버리게 되는 걸까. 신기해."

사이좋게 지내기만 해도 저 녀석은 저 녀석을 좋아한다———.

그런 눈으로 보게 되니 학교생활이라는 게 신기하긴 하다.

"일단 확인해두는 건데, 남자를 좋아하는 건 아니지?"

데구치가 진지한 표정으로 그런 말을 했기에 웃을 뻔했다.

하지만 토리고에만은 고개를 돌려서 기대와 불안한 마음이 뒤섞인 듯한 표정을 짓고 있었다.

"아냐, 아냐."

물론 부정했다.

"있지. 연애 이야기하고 있어."

"그런 것 같네. 꽤 진지한 느낌으로."

"하게 내버려 둬요. 한창나이라고요, 료도."

어째서 우리가 하는 이야기에 흥미를 보이는 걸까.

행동계획표는 어느새 완성되어 있었고, 후시미가 다시 설명을 해주었다.

딱히 이의는 없었기에 그걸 와카에게 제출한 다음, 끝마친 조부터 하교하게 되었다.


집에 가던 도중에 후시미가 아무렇지도 않게 물어보았다.

"데구치 군이 나를 좋아한다고 료 군에게 말했다면 어떻게 했을 거 같아?"

"나한테?"

우리 이야기에 귀를 기울이고 있었나? 나도 데구치에게 비슷한 걸 물어봤는데.

데구치는 후시미를 좋아한다…….

머릿속으로 한 번 되풀이하며 생각해 보았다.

"유행을 좋아하는 녀석이라고 생각할 것 같은데."

"에~? 그게 다야~?"

으으, 후시미가 불만이라는 듯이 토라졌다.

"친구들끼리 말이야, 좋아하는 사람이 겹치면 곤란하잖아? 그러니까 그럴싸한 사람을 미리 확인해두는 건 이상한 게 아니야."

그렇다면 데구치 군은 나를 '그럴싸한 사람'으로 인정한 게 된다.

"후시미를 좋아한다고 착각당하면 다른 남자들이 라이벌 취급하겠네……."

"료 군은 그렇게 지금까지 여러 라이벌들을 쓰러뜨려 왔는데?"

"그런 짓을 한 기억은 없어."

"자각이 없단 말이지. '제가 뭔가 저질러버렸나요?' 계열이구나."

"그게 뭐야."

어~? 몰라~? 후시미는 그렇게 말하며 어떤 이야기인지 즐겁
게 말해주었다.

## ⑤  조언과 마지막 기회

"혹시, 친구가 생길지도 몰라."

나는 휴대폰을 들고 오늘 있었던 일들을 말했다.

『……왜 나한테 그런 이야기를 하는 건데?』

수화기 너머에 있는 시노하라는 왠지 불쾌한 것 같았다. 그렇게 늦은 시간도 아닌데.

혹시 순정만화를 빌려놓고 계속 가지고 있어서 그런가?

"만화는 아직 마나가 읽고 있는 중이라, 좀 더 빌려줘."

『질문에 대답이 안 되잖아.』

그녀가 한숨을 쉬었다.

『같은 조 남자애랑 사이좋게 지낼 수 있을 것 같아서 잘됐네.』

"아마 이게 마지막 기회일 거야. 제대로 된 남자인 친구가 생기는 거."

『왜 그렇게 신중한데?』

친구가 거의 없으니까 그렇지.

"시노하라도 그랬잖아. 바비큐 할 때. 사이좋게 지낼 수 있을 것 같은 사람하고는 사이좋게 지내고 싶고, 미움을 사고 싶지 않다고."

『아…….』

그녀는 생각이 났는지 이해가 된다는 듯한 목소리를 냈다.

『타카료는 남자를 더 좋아하는구나.』

"아니라고."

시노하라와 토리고에는 B가 L을 하는 그런 걸 좋아하니까 그런 발언도 이해가 안 되는 건 아니지만, 어째서 사이좋게 지내기만 해도 '좋아하는 것'으로 발전시키려 하는 걸까.

"여자들끼리만 할 수 있는 이야기가 따로 있잖아? 남자들끼리도 마찬가지라고."

『하긴, 그렇긴 하겠네.』

후시미와 토리고에, 히메지와는 달리 남자끼리이기에 만들 수 있는 분위기나 할 수 있는 말, 하루만 교실에 있어 보면 체험할 수 있는 그것들을 나는 약간 동경하고 있었다.

여자애 상대로는 할 수 없는 별것 아닌 상스러운 농담이나 쓸데없는 이야기.

그것들은 내겐 쓸데없는 게 아니고, 무의미한 것도 아닐 거라 생각한다.

『타카료는 서투르구나. 이런저런 이야기를 듣고 있자면 특히 그런 것 같아. 의욕도 없고, 귀찮고.』

"나도 대놓고 험담을 들으면 상처받거든?"

내 대답에 꽂혔는지 시노하라가 아하하하, 웃음소리를 냈다.

『미안해. 그렇겠지. 너, 무신경하고 둔감하지, 좋은 의미로.』

"그, 그래……?"

『그래도 이상한 구석에서 섬세하고 신중하다고. 좋은 의미로.』

전혀 칭찬받고 있는 것 같지 않다. ……이 녀석, ……설마.

『분위기를 잘 파악하는 사람인가 싶었더니 전혀 그렇지도 않고. ───좋은 의미로.』

결국 전부 험담이잖아.

"마지막에 좋은 의미로라는 말만 붙이면 내가 다 받아들일 거라 생각하진 마라."

"후후후."

기다리고 있던 태클이었는지 시노하라는 수화기 너머로 한숨 같은 웃음소리를 냈다.

『나는 어째서 이런 이야기를 들어주고 있는 걸까.』

"누님 캐릭터 같은 느낌이 있어서 그런 거 아니야?"

그런가? 하고 시노하라는 말했다.

"중2병이었던 시절을 생각하면 상상이 안 되지만───."

『그 이야기, 이제 두 번 다시 하지 마.』

목소리가 단숨에 싸늘해졌다.

"뭐, 들어보라고."

나는 말을 덧붙였다.

"친절하잖아, 시노하라. 차분하고 이야기도 냉정하게 들어주고."

『칭찬하지 말아줄래? ……네 험담을 한 뒤라 죄책감이 엄청 드는데.』

내 알 바 아니야.

"그야말로 두목님처럼 딱 버티고 있어 주는 안심감."

『그 호칭 정착시키려 하지 마. 절대로.』

더 이상 말하면 화를 낼 것 같았기에 그만두었다.

최종적으로 잡담을 하라는 조언을 받았다.

그게 어렵다는 건데, 수학여행을 가게 되었으니 화제도 찾기 쉬울 거라고 한다.

그렇구나. 내가 납득하며 통화를 마치자 마치 노리고 있었던 듯 마나가 방으로 들어왔다.

"오빠야, 누구랑 무슨 이야기 했어? 히나?"

"무슨 상관인데."

"어~? 신경 쓰이잖아~."

왜 신경 쓰이는데.

"엿듣지 말라고. 그리고 노크하고 나서 들어와."

"음~, 노크하고 나서 들어오면 말이지?"

"아, 응."

"오빠야가 화를 내주지 않잖아?"

화를 내주지, 않는다고?

"그러면 나는 재미가 없어."

"나 좀 가지고 놀지 마라."

나랑 놀아주는 거면 모를까.

"내 사랑을 이해 못 하는 건가~?"

"못하겠다."

이히히 웃은 마나는 '목욕해야지~'라며 방에서 나갔다.

## ⑥  소꿉친구의 정체

수학여행은 다다음 주.

나는 완전히 잊고 있었지만, 토리고에와 후시미는 확실하게 기억하고 있는지 당일까지 손가락을 꼽으며 기다리는 모양이었다.

얼마 전에 제출한 행동계획표가 우리 자유시간의 지표가 되었다. 그 일정이 여행 책자에도 제대로 적혀 있다.

모두가 메모를 했기에 나도 해야겠다는 생각이 들어서 메모했다.

퍼펙트 프린세스 공주님에게 물어보면 바로 가르쳐줄 것 같긴 하지만, 혹시 모르니까.

내가 졸업한 중학교는 3학년 때 수학여행을 가지 않는다. 소풍처럼 당일치기 사회 견학 같은 걸 하긴 하는데, 보아하니 올해도 그런 모양이었다.

그래서인지 내 책자를 읽은 마나가 멀리 놀러 가는 걸 부러워하고 있었다.

"무조건 밤에 야한 짓 하는 사람 있을 거야~."

이유를 물어보니 마나는 곧바로 '수학여행이니까 그렇지'라고 대답했다.

나만 설명이 안 되는 것 같다고 생각하는 건가?

책자를 돌려받고 방으로 돌아오자 마침 휴대폰이 울렸다.

누군가 싶었는데 토리고에에게 온 전화였다.

신기하네, 전화를 걸다니.

"무슨 일이야?"

『저기……, 타카모리 군, 안녕.』

"아, 그래. 안녕."

이런 인사는 꼼꼼하게 하는 타입인 모양이다.

『갑자기, 전화해서, 미안해.』

"괜찮아, 별로 신경 안 쓰는데."

그대로 한동안, 토리고에는 말이 없었다.

……긴장한 건지 뭔가 이야기를 하려다가 그만두는 듯한 분위기가 느껴졌다.

전화를 걸 때는 왠지 긴장되지. 나도 알아, 뭔지 알겠어. 어째서 긴장하는 걸까. 시노하라에게 전화를 걸었을 때도 좀 긴장했는데.

그 사실을 알면서도 왜 군이 전화를 한 거지……?

"데구치가 괜찮은 녀석 같아서 다행이야."

계속 이러고 있긴 껄끄러웠기에 그때 고마웠다고 인사를 하기로 했다.

"이름 가르쳐줘서 고마워."

『아니야. 말을 걸고 싶어 하는 것 같길래. 그리고 반 친구 이름을 잘 못 외운다는 것도 알고 있었고.』

그렇지. 그렇게 대답하자 토리고에는 다시 침묵했다.

『휴…….』

휴?

『휴우…….』

??

『이틀째……, 자유행동……, 때, 쇼핑, 시간.』

나는 더듬거리는 토리고에에게 '응'이라거나 '그래'라고 맞장구를 치며 계속 말하게 했다.

『선물, 사는, 시간이 있는데, 혹시 괜찮다면 같이…………, 사지 않을래?』

시간이 꽤 걸린 다음, 토리고에는 작은 목소리로 그렇게 말했다. 전화라서 알아듣긴 했지만 얼굴을 마주 보고 들었다면 못 들었을지도 모르겠다.

조별 행동 중일 테니 같이 가는 건 딱히 상관없다.

"그래. 선물 사봤자 줄 사람은 마나랑 어머니 정도밖에 없지만."

자학하듯 말하자 토리고에가 쿡쿡 웃었다.

『주고 싶은 사람에게 주면 돼. 같은 반이라도.』

하긴 그렇구나.

작년에 여자들끼리 선물을 사서 서로 주는 광경을 본 게 떠올랐다.

같은 곳에 가는 거니까 굳이 선물을 사줄 필요는 없겠지만, 받으면 기쁠지도 모르겠다.

일단 나는 마나에게 줄 선물을 사 오지 않으면 밥의 질이 떨어질 우려가 있기에 그건 머스트 아이템이었다.

"선물……."

『왜 그래?』

"잊지 않게끔 책자에 적어뒀어."

『그럼, 나도, 그렇게 해야지…….』

후후후, 토리고에가 쑥스러운 듯이 웃었다.

그런 다음에는 평소 분위기로 돌아온 토리고에와 잡담을 주고받았다.

어느새 한 시간 정도가 지났다는 걸 눈치채고 '그럼 또 보자'라는 말을 남긴 뒤 전화를 끊었다.

철컥, 갑자기 마나가 방에 들어왔다.

"오빠야, 누구랑 이야기했어?"

또냐.

"토리고에하고. 수학여행 일로 약속을 좀 했는데."

"고요함이 숲과도 같은 시즈가……?"

마나가 깜짝 놀라고 있다.

"다, 다른 사람은? 오빠야. 약속 안 했어?"

"안 했어."

"오오오오……! 선수를……!"

왜 이렇게 신이 난 거야.

"자, 봐. 네 선물도 잊지 않게끔 메모해뒀으니까."

"아앗~! 찐이네! 오빠야, 사랑해애."

그래, 그래, 고마워, 고마워. 나는 그렇게 속물 같은 여동생을 달래주었다.

찐이라는 말이 요즘 마나의 머릿속에서 유행하고 있는 말인 것 같다.

"그런데 이러고도 잊어버리는 게 오빠야란 말이지~."

나 관련 상식인 모양이다.

짐작 가는 게 있긴 했기에 아무런 말도 하지 않았다.

마나가 쓴웃음을 지으며 내 침대에 앉아 다리를 꼬았다. 어머니를 닮았는지 하얗고 가녀린 다리가 나와는 전혀 달랐다.

"그러고 보니 말이야. 좀 들은 게 있는데."

"응?"

"아이가 도쿄에서 뭐 했는지 알아?"

"고등학생 아니야?"

"으음~, 역시 오빠야 정도면 모르는구나~."

나 정도라 미안하게 됐네.

"여고생이었던 건 뭐, 그렇긴 한데, 한 가지 더……."

띵동, 모르는 프로필 사진이 보낸 메시지가 왔다.

AI라는 계정.

『료만 연락처를 몰라서요.』

그 한마디뿐이었다.

히메지구나, 이거. 후시미나 다른 사람에게 내 계정을 물어본 모양이다.

지역 마스코트처럼 생긴 개가 '잘 부탁해'라고 말하는 이모티콘을 보내두었다.

자주 쓰는 게 아니라서 찾느라 수고가 좀 들었다.

『안녕히 주무세요.』

무뚝뚝한 메시지가 히메지답다.

"아이는 아이돌이었던 모양이야."

"뭐? 찐으로?"

"찐으로. 후후, 오빠야한테도 '찐'이 옮았네."

푸흡~, 마나가 신나게 웃었다.

요즘 자주 쓰는 것 같긴 한데, 왜 거기 빠졌는지는 의문이다.

"아이라는 이름의 아이는 아이돌의 아이."

마나가 노래처럼 말했다. 왜 으스대는 표정인 건데?

"소문이니까 찐인지 수상하긴 하지만 말이지. 아이의 동생……, 유우키에게 물어봤는데도 모른다고만 하고. 그쪽 아이돌을 좋아하는 애가 있는데 걔가 그렇지 않을까 하길래 말이야."

닮은 사람일 수도 있겠지만~. 마나는 그렇게 말하며 휴대폰을 만지작거리기 시작했다.

"이 그룹인 것 같아."

검색을 하고 있었는지, 그녀가 화면을 보여주며 말했다.

"이거야, 이거."

마나가 손가락으로 가리킨 사진을 빤히 보았다.

닮긴 했다. 닮기만 한 사람이라고도 할 수 있겠지만.

마나가 보여준 건 인터넷 기사였다.

멤버 중 한 명이 건강 문제로 인해 활동 중지. 그 이후에 탈퇴. 그게 저번 달. 흐름만 놓고 보면 흔히 있는 일이다. 시간을 따져봐도 이쪽으로 돌아온 시기를 고려하면 이상할 게 없다.

전국구 아이돌은 아니고 업계에서 어느 정도 알려진 정도의 그룹이었던 모양이다.

"히메지가 아이돌이었어……?"

"혹시 활동하다가 지친 아이가 오빠야를 만나고 싶어서 이쪽으로 돌아온 것 아닐까."

"나를 왜?"

"……."

에휴우우우, 마나가 한숨을 쉬었다. 리버스 원기옥인가.

"시끌벅적한 도시를 떠나서, 과거를 숨기고, 예전에 좋아했던 소꿉친구를 만나러 돌아가자고 생각하더라도 이상할 게 없을 텐데 말이지~."

"그건 마나가 멋대로 만든 스토리잖아?"

"사실일지도 모르잖아."

마나는 팍팍, 다리를 뻗어 나를 걷어찼다. 팬티가 보일 것 같으니까 그러지 마.

"정말, 오빠야는 어쩔 수 없다니까."

뭐가.

일어선 마나는 방에서 나간 다음에 바로 돌아왔다. 그리고 내 가방 속을 보고는 안주머니에 무언가를 넣었다.

"뭐 하는 거야."

"이거, 무조건 필요할 거야. 수학여행이라면 특히."

마나는 자신만만해했다. 아니, 아직 한참 남았는데.

"수학여행에 필요한 거? 이어폰이야?"

"아~! 비슷하네! 다른 사람을 배려하는 매너 같은 거니까."

마나는 그게 뭔지 가르쳐주지 않고 힌트만 주고는 방에서 나갔다.

"매너 같은 거?"

신경 쓰여서 가방 속을 보니 야한 에티켓이 들어 있었다. 그것도 세 개나.

"몇 개나 넣은 거야!"

아니, 필요 없다고!


방과 후. 이 시간엔 항상 후시미나 내가 학급일지를 써서 담임인 와카에게 가져가는 게 일과다.

둘 중 누가 쓰더라도 다 쓸 때까지 기다렸다가 가는 게 평소 흐름이었지만, 오늘은 그렇지 않았다.

"아……, 저기, 응, 그럼 나중에 봐."

수학여행 이야기를 하고 싶어 하던 같은 반 남녀 몇 명이 후시미에게 패밀리 레스토랑에 가자고 했다.

그 그룹은 가장 가까운 역 근처에 있는 패밀리 레스토랑에서 자주 보인다.

오늘은 그 모임에 후시미가 참가하게 된 모양이다.

"그러니까, 료 군."

후시미가 미안하다는 듯이 말했다.

완벽한 팔방미인인 후시미는 이런 경우가 자주 있다.

뭐라고 해야 하나, 약간 존경스럽다. 이렇게까지 인기가 좋을 수 있을까.

"알았어. 혼자 갈게."

"응……."

추욱, 후시미가 귀가 처진 토끼처럼 풀 죽었다.

가고 싶지 않으면 안 가면 될 것을. 그런 생각이 들긴 하지만, 그게 후시미 나름의 처세술일 것이다.

반대쪽 소꿉친구는 겨우 전학생 피버가 끝나서 책상 주위를 둘러싸고 있던 학생들도 없어졌다.

그 대신 조용히 말을 걸러 오는 남자애가 몇 명 생기기 시작하긴 했지만.

"히나도 그러던데, 의외로 성실하시네요."

교실에 남은 사람이 줄어들어서 조용해지자 히메지가 말을 걸었다.

"집에 안 가?"

나는 옆을 슬쩍 본 다음 다시 학급일지로 시선을 돌렸다.

"갈 거예요, 좀 있다가."

책상 위에 가방을 올려두고 있어서 바로 갈 수 있는 상태였다.

"아, 그래."

우리 둘만 남게 되자 히메지가 조용히 말하기 시작했다.

주말에 교복이 오니까 다음 주부터는 다른 사람들과 같은 교복을 입는다──라든가, 뭐, 그런 잡담.

나는 그래, 라든가, 어, 라든가. 호오, 라든가. 맞장구를 몇 가지 패턴으로 쳐주면서 학급일지를 완성했다.

"시간이 너무 오래 걸린 거 아닌가요? 히나는 5분 정도면 다 쓰는데."

"걘 수업이 끝나면 매번 수업 내용을 제대로 일지에 써두니까. 방과 후에 이렇게 시간을 들이지 않게끔."

"료도 그러면 되잖아요."

"귀찮잖아."

"그래도 제대로 쓰긴 하네요."

"뭐, 일단 입후보해서 되긴 했으니까."

"신기한 사람이군요, 료는."

하긴, 모순되긴 했지. 귀찮아할 거면 학급 임원 같은 걸 안 할 테니까.

하지만 친구가 별로 없는 내가 보기에는 뭔가 직책을 맡았다는 건 교실 안에서 '숨을 쉬어도 된다'라는 자격을 얻는 거나 마찬가지다.

후시미에게 이 말을 한 적이 있는데, 전혀 모르겠다는 느낌으로 약간 복잡한 표정을 보였다.

"뭐라고 해야 하나, '누군가'가 되면 편하거든. A 군의 친구라든가, B 양의 남자친구라든가, C 그룹의 일원이라든가. 교실 안에 내 '자리'가 제대로 있는 것 같아서 숨을 편하게 쉴 수 있다고 해야 하나."

내게 있어서 그 '누군가'는 '학급 임원'이었던 것 같다. 누구도 하지 않으려 하는 그 직책만큼은 진입장벽이 매우 낮아서 누구나 간단히 될 수 있다.

대충 이야기를 해보았지만 이해를 해줄 거라고는 생각하지 않았다.

"왠지 이해가 되네요."

이해를 해줬다.

"거짓말."

"거짓말해서 뭐 하게요."

히메지 같은 이른바 미소녀라고 해도 그런 생각을 한다는 게 뜻밖이었다.

후시미는 철학적 난문을 들었다는 표정을 지었는데.

"집에 안 가? 히메지."

"정말……. 모르겠어요?"

그녀는 어이없다는 듯이 한숨을 쉬고는 나를 빤히 바라보았다.

어제 후시미가 쓴 것과 비교하면 적당한 느낌이지만, 겨우 오늘 일지를 다 썼다.

내가 적당히 썼다기보단 후시미가 너무 성실하게 쓴 것 같은데.

모든 항목이 빼곡하게 들어차 있다.

후시미를 기준으로 잡으면 모든 학생이 적당하게 쓰는 걸로 보일 것이다.

탁, 덮고는 가방을 들고 자리에서 일어섰다.

"와카타베 선생님에게 그걸 가져다주면 학급 임원 일은 다 끝나나요?"

"그렇지."

히메지도 가방을 들고 나를 따라왔다.

이제 반에는 신기해하는 학생이 없지만, 복도를 걸어가다가 다른 학년과 마주치면 다시 살펴보거나 돌아보는 학생이 아직 많다.

교무실로 가서 와카에게 일지를 건넸다.

"고생했어~."

일지를 받아든 와카는 후루룩, 자기 컵에 든 커피를 마신 다음 다시 노트북으로 입력하는 작업을 하기 시작했다.

입구에서 기다리던 히메지와 합류한 다음, 신발을 갈아신고 학교를 나섰다.

"히메지, 학급 임원 하고 싶어?"

"아뇨, 그냥 평범하게 일하는 모습을 관찰했을 뿐이에요."

"관찰해보니 어때?"

"이것저것 알게 되어서 재미있었어요."

재미있는 부분이 있었나?

고개를 갸웃거리며 나란히 걸어가고 있자니 1학년 여자애 두 명이 교문에서 기다리고 있었다. 둘은 이쪽을 힐끔 보고는 재빨리 그늘로 숨었다.

"료는 인기가 많네요."

"어? 나?!"

나? 라고……?

힐끔힐끔, 이쪽을 보고 있었다는 건 알고 있었는데, 나를 기다렸다고───?!

두근거리며 교문을 나서자 그 여자애가 말을 걸었다.

"저기."

와, 왔다아…….

"어? 왜?"

긴장하며 물었지만 여자애 두 명은 내가 아니라 완전히 히메지만 보고 있었다.

"아이카 씨, 맞죠……? '벚모메'."

그 약칭과 아이카라는 이름을 듣고 감이 왔다.

마나가 휴대폰으로 보여준 아이돌 그룹, '벚꽃빛 모멘트' 소속 멤버의 탈퇴 뉴스. '아이카'라는 멤버의 기사였다.

"자주 그런 말을 듣긴 하는데요, 죄송해요. 아마 사람을 착각하셨을 거예요."

히메지는 슬쩍 미소를 보이고는 걸어가기 시작했다.

"있잖아, 히메지 너 진짜 아이돌이었어?"

따라잡은 다음에 신경 쓰이던 걸 물어보았다.

"역시라니, 그게 무슨 뜻이죠?"

"마나가 그런 소문이 있다는 걸 가르쳐줬거든."

"어디까지나 소문이에요."

뭐, 그렇겠지.

"료는 제가 아이돌이었던 게 더 기쁜가요? 예전에 알고 지내던 아이가 아는 사람만 아는 마이너 아이돌이었던 게요."

"아니, 딱히. 대단하다 싶긴 하겠지만, 그게 다지."

뭐가 되든, 아무리 인기가 많든, 어떤 악당이든, 소꿉친구라는 사실에는 변함이 없다.

히메지에게 내가 소꿉친구라면, 내게도 히메지는 소꿉친구다.

"히나가 푹 빠진 건 그런 구석이겠죠. 이해가 될 것 같기도 하네요."

"뭘 이해한 건데."

히메지는 아무런 맥락도 없이 다시 화제를 돌렸다.

"아까는 아니라고 했지만, 사실이에요."

"……호오."

후후후, 히메지가 미소를 지었다.

"무관심, 무뚝뚝, 거의 무반응."

리듬을 타며 부정적인 말을 하는 히메지.

"……미안하네. 원래 그런 성격이라고."

"그런 당신이었기에 밝힐 수 있었을지도 몰라요. 인터넷에 올려보실래요? '소꿉친구가 아이돌이었던 건'처럼요."

"안 올려."

"그런 타입은 아니니까요."

타다닥, 히메지는 몇 발자국 앞으로 걸어가서는 이쪽을 돌아보았다.

"아이돌하고 키스했다고요, 료는."

"뭐?"

"체육 창고에서요. 제가 전학 가기 전에요."

그렇다면 초등학생 때인가.

그래서 생각나는 거 없냐고 물어본 거구나.

"뉘앙스로 따지면 키스라기보다는 뽀뽀였죠."

차이를 전혀 모르겠다.

"폭주한 호의의 결과 같은 거예요."

후시미도 그랬던 걸까.

"정확히는 아이돌이 되기 전, 이잖아."

"그렇게 따질 필요 없잖아요."

그녀는 마음에 안 든다는 듯이 그렇게 말하고는 어흠, 능청스럽게 헛기침을 했다.

"되기 전이라고는 해도 평생 갈 추억이 생겨서 좋겠네요."

"거만하시네……."

"아이돌이 될 소꿉친구와 체육 창고에서 키스를 하다니, 주마등에 나타날 수준 아닌가요?"

"주마등은 본 적이 없으니까 어느 정도 수준인지 전혀 모르겠는데."

"그렇긴 하겠네요."

히메지는 다시 즐겁게 웃었다.

"저렴하게 잡더라도 100만 엔 이상은 나갈 거예요, 저랑 키스한 거."

"그럴 리가 있나."

"모르시는군요, 아이돌이라는 업계와 그 장사를."

"장사라고 하지 마, 장사라니."

내가 태클을 걸자 히메지는 다시 활짝 웃었다.

"밝히는 게 나을지 아닐지 망설였고, 말해봤자 전국구도 아닌 마이너 아이돌이고, 별종 취급받고 이상한 눈으로 보는 것도 싫다 싶었어요. 그래도 시원하네요."

예전에 아이돌이었다는 걸 털어놓을지 말지, 계속 목에 걸려 있었던 모양이다.

TV에 나올 정도로 지명도가 높은 그룹은 아닌 모양이지만 아는 사람은 아는 것 같다.

　　"잘됐네, 내가 이렇게 무뚝뚝한 녀석이어서."

　　"안 그랬다면 밝히지도 않았을 테니까요."

　　그렇긴 하겠네.

　　히메지는 가죠, 하고 말한 다음 내가 따라잡자 천천히 걷기 시작했다.

## ⑦  옆자리 소꿉친구와 사진

"어때요? 귀여운가요?"

히메지는 자신만만한 미소를 지으며 한 번 빙글 돌아 보였다.

저번에 말했던 것처럼 히메지의 교복은 우리 학교 교복으로 바뀌었다.

이 학교 학생이니까 이런 표현은 좀 안 맞을지도 모르겠지만, 익숙하지 않아서 코스프레를 하는 것처럼 보인다.

"아, 응, 잘 어울리네."

"감사합니다."

앉아 있던 후시미가 어흠, 하고 천천히 자리에서 일어나 빙글빙글 돌아 보였다.

내가 의아해하고 있자니 보고 있던 히메지가 후후 웃었다.

평소처럼 약간 털털한 복장으로 온 와카가 출석을 부른 다음, 학생들을 교정으로 보냈다.

"으으으……, 너무 기대돼서 잠을 별로 못 잤어."

"어린애군요, 히나는."

"……아이, 눈가에 다크서클이 좀 생겼는데."

"그 수법에는 안 넘어가거든요?"

흥 하고 자신만만하게 코웃음 친 히메지도 후시미의 말대로 약간 다크서클이 생긴 상태였다.

너도 별로 못 잤냐.

수학여행 첫날. 이제 반별로 버스를 타고 목적지까지 두 시간 정도 이동하게 된다.

"데, 데구치······, 버스, 옆에 앉아도 되나?"

"응, 상관없긴 한데———."

데구치는 주위를 둘러보고는 입을 다물었다.

없, 없긴 한데······. 왜?

"모처럼이니까 이럴 때는 남자 여자로 앉아서 가는 게 즐거울걸?"

데구치는 좋은 제안이지? 라는 듯 하얀 이를 드러냈다.

그런가?

전철 정도라면 뭐 상관없긴 한데, 옆에 여자애가 오랫동안 앉게 되면 왠지 신경이 쓰이니까.

"수학여행이니까. 괜찮을 것 같아!"

후시미가 엄지손가락을 치켜세웠다.

"응. 이럴 때 정도는, 괜찮을, 것 같은데······."

토리고에도 작은 목소리로나마 맞장구를 치는 것 같다.

나는 후시미랑 토리고에가 같이 앉아서 갈 줄 알았는데, 아닌 모양이었다.

"이의는 없어요. 이쪽으로 오셔도 되는데요?"

왜 히메지는 저런 말투로 말하는 걸까.

"저, 과자를 사 왔어요. 옆에 앉으시면 나눠드릴 수도 있는데———."

슬쩍 보여준 과자는, 포키. 막대기 모양에 맛있는 과자. 예전부

터 내가 좋아하던 거.

남녀로 나뉘어서 가위바위보를 했다. 나는 주먹이고 데구치는 가위. 여자애들도 끝낸 모양이었다.

"주먹."

주먹을 살짝 들자 한 사람이 대답했다.

"주먹~!"

눈을 반짝이고 있는 후시미였다.

"나랑 토리고에 씨가 가위."

히메지가 남았다.

"어째서죠!"

그녀는 불만인지 입을 꾹 다물고 어린애처럼 화를 내고 있었다.

한 명만 남는 건 안쓰러운데. 보조석은 쓰면 안 된다고 했고.

"아이, 이건 승부니까."

후시미가 동정하는 눈빛으로 바라보자 히메지가 핏줄을 드러냈다.

"이겨서 뽐내는 표정이 좀 짜증 나네요……."

"휴게소에서 쉬고 갈 테니까 그때 바꿔 앉으면 되지."

토리고에가 그렇게 제안하자 데구치가 받아들였다.

"그거 괜찮네."

"시즈카 양이 그러시고 싶다면 저는 상관없어요."

히메지도 싫지만은 않은 눈치였다. 그런데 시즈카 양이라고 부르는 이유는 뭐야.

그에 비해 후시미는 무표정한 모습을 보이고 있었다.

아무튼 일단 자리를 바꾸게 되었다.

학년 주임 선생님의 약간 긴 이야기가 끝나자 반별로 버스에 타기 시작했다.

짐을 든 채 채워지고 있는 자리를 둘러보니 먼저 들어갔던 후시미가 손을 흔들었다. 그녀 옆 통로 쪽에 앉자 앞에 데구치와 토리고에가 앉았다.

"토리고에 씨, 책 가지고 왔네!"

"아, 저기, 이건…….."

"어떤 거야?"

"저기, 그게…….."

곤란해하네, 곤란해.

B가 L하는 책이다.

요즘 뭘 읽고 있는지 알고 있는 나는 뒤에서 웃을 뻔했다.

"히메지는 어떻게 하려나."

"또 아이 걱정하네."

후시미가 볼을 부풀렸다.

"아니, 걱정이라기보단, 깍두기는 비참해지니까———."

내가 그렇게 생각하고 있는데 철컥, 철컥, 보조석을 펴고 히메지가 털썩 앉았다.

"아, 히메지, 그거———."

내가 말을 마치기도 전에 차량용 마이크로 운전기사분이 말했다.

『보조석은 위험하니까 쓰지 말아주세요~.』

"~~윽."

얼굴이 붉게 물든 히메지가 떨고 있었다. 창피한 건지 뭔지는 잘 모르겠지만, 아무튼 부들부들 떨고 있었다.

통로이기도 했기에 예상대로 걸리적거리는 상태였다.

"아이, 신경 쓰지 마⋯⋯."

"빈자리에 가야━━."

"포키, 안 줄 거예요!"

히메지는 그런 말을 남기고 소중히 갖고 있던 포키 상자를 든 채 약간 뒤쪽 자리에 앉았다.

안 준다니⋯⋯, 난 달라고 한 적 없는데 말이지.

부스럭부스럭, 후시미가 가방을 뒤지다가 무언가를 꺼냈다.

"이거. 나도 가지고 왔으니까, 괜찮아."

히메지가 가지고 온 것과 똑같은 포키였다.

아니, 그러니까, 달라고 한 적 없거든⋯⋯?

"소풍 갈 때, 료 군이 매번 가지고 왔었잖아."

"그랬나?"

"아이도 그걸 기억하고 있지 않았을까?"

뒤를 돌아보니 히메지가 조금 떨어진 곳에서 우리 반 여자애들과 잘 지내고 있었다. 히메지에게도 좋은 기회일지도 모르겠다.

물론 내게도 마찬가지다.

"데구치, 저번에 말했던 게임, 나도 시작했는데━━."

"오, 진짜? 친구 신청할까?"

"아니, 멤버가 허접해서 도움이 안 되지 않을까."

"그런 건 괜찮아. 내가 정성껏 키운 캐릭터들을 써달라고."

ID를 물어보고 친구 신청을 해두었다. 우리가 게임 이야기를 신나게 하고 있던 와중에 후시미와 토리고에는 앞뒤로 이야기를 하고 있었다.

"시이, 포키 먹을래?"

"응. 나도 과자 가지고 왔어. 나중에 하나씩 교환하자."

"아~, 그거 좋다. 수학여행다워졌어~."

후시미는 만족스러워했다.

버스가 출발하자 한동안 들떠 있던 차 안도 서서히 조용해지기 시작했다.

이야기를 나누는 목소리도 조금씩이나마 멀리 들리는 느낌이었고, 앞에 앉은 두 사람도 자는 것 같았다.

"료 군, 목이 빠지게 기다리던 포키~."

후시미가 목소리를 낮춰서 말하며 포장을 뜯었다.

"안 기다렸다니까."

그녀가 하나를 내밀었다.

"아앙~ 해, 아앙~."

"됐어, 그런 거……."

"얼른, 얼른, 누가 봐버리니까."

반대쪽 자리와 앞뒤 사람들은 자고 있다. 하지만 언제 깨어날지 모른다.

"부끄러워하는 게 더 부끄럽거든?"

그게 무슨 논리야.

얼른, 얼른. 그녀가 그렇게 말하며 내 입가로 내밀었기에 어쩔 수 없이 오독오독 먹었다.

"맛있어?"

"안정적인 맛이네."

"다행이다."

후시미가 기쁜 듯이 미소를 지었다.

"좀 실례할게……."

꾸욱꾸욱, 그녀가 몸을 내 쪽으로 가져다 댔다.

"이번엔 뭔데."

"사진."

사진 어플을 켠 후시미는 팔을 뻗어 휴대폰을 들었다.

"어? 지금?"

"지금. 아니, 계속. 뭘 하든지."

그녀는 전면 카메라로 전환한 다음, 곧바로 찰칵찰칵 찍기 시작했다.

"야. 그만해."

"후후. 료 군, 포즈 취해."

찰칵찰칵.

"사진 찍히는 거, 거북하다고……."

"후후, 미안해. 참아줘."

겨우 떨어진 후시미는 찍은 사진을 확인하며 싱글거리기 시작했다.

"투 샷은 오랜만이야. 왠지 두근거리네."

그건 나도 조금이나마 동의할 수 있다.

저장, 저장, 하고 중얼거리는 후시미의 옆모습은 정말 기뻐 보였다.

## ⑧  소원 아닌가요

휴게소에서 점심시간을 보낸 다음, 다시 버스로 이동했다.

자리를 바꿔 이번에는 히메지가 옆으로 왔다.

"나, 다른 애들 있는 곳으로 갈게."

후시미는 그렇게 말하고 히메지와 자리를 바꾸었다.

뒤쪽으로 가는 후시미를 히메지가 바라보았다.

"왠지 여유가 넘치네요."

"여유?"

"아뇨, 아무것도 아니에요."

그 안에 뭐가 들어가는 거야? 싶을 정도로 작은 가방에서 히메지가 포키를 꺼냈다.

"먹고 싶지 않나요?"

그런 말 한 적 없다고.

좋아하기야 하지만, 아까 후시미에게 받아먹었으니까…….

"지금은 됐어."

"솔직해져도 되는데."

어느새 내가 좋아하는 음식을 참고 있는 상황이 된 모양이다.

떠넘겨진 포키를 들고 있었더니 그녀가 하나둘씩 먹기 시작했다.

결국 네가 먹는 거냐.

"이봐, 이봐, 타카양, 트럼프 안 할래?"

데구치가 고개를 내밀고 이쪽을 보았다.

타카양이라는 건 내 얘긴가?

뭔가 좋네. 닉네임이라는 느낌이라.

"'타카모리'라는 성, 미묘하게 멋져서 부러웠거든."

데구치가 소리 내어 웃었다.

"멋진가?"

내가 고개를 갸웃거리자 이야기를 듣고 있던 토리고에도 고개를 내밀고는 이쪽을 보았다.

"나, 트럼프 있어."

"토리고에는 준비성이 좋구나."

"잠깐만 기다려."

토리고에가 그렇게 말하고는 가방을 뒤져서 트럼프를 꺼냈다.

입안이 포키로 가득 찬 히메지가 오물오물오물, 햄스터처럼 입을 재빠르게 움직인 다음 꿀꺽 삼켰다.

"저도 할래요."

그렇게 하고 싶었구나. 급하게 삼키기는.

포키 가루가 입술에 묻었거든?

토리고에가 가지고 온 트럼프로 도둑잡기를 시작했다.

이게 의외로 신이 난다.

"야, 히메지. 그 각도로는 패가 보인다고."

"보여주는 거예요. 료가 그걸 이용할 만한 쓰레기가 아니라는 걸 믿고 있으니까요."

"내 양심에 호소하는 작전은 쓰지 마."

"타카양, 도둑 가지고 있지."

"……안 가지고 있어."

"""아~, 가지고 있네."""

어째서 들킨 건데.

도둑잡기를 몇 번 하고 나니 절반 이상 내가 지게 되었다.

"타카모리 군은 얼굴에 꽤 알아보기 쉽게 드러나네."

"그래?"

"타카양……, 그래선 야한 생각도 못 하겠는데?"

"이런 상황에서는 안 하니까 안심하라고."

"생각하긴 하나 보네요?"

"히메지, 말꼬리 잡지 마."

이럴 줄 알았으면 벌칙을 정해둘 걸 그랬다며 데구치가 안타까
워했다.

"타카모리 군이 너무 못하니까 다른 걸로 하자."

토리고에가 가방을 뒤져서 트럼프와는 약간 다른 카드 다발을
꺼냈다.

"카드 게임이라도 하게?"

"아니. 타로 카드."

"토리고에 씨, 점도 칠 줄 알아?"

"조금. 예전에 흥미가 생겨서 연습했어."

"……."

히메지가 흥미진진한 눈치로 아무런 말도 없이 바라보고 있었다.

"히메지도 점 좋아해?"

"딱히 그렇진 않아요. 점 같은 건 쳤을 때는 기억하지만 사흘 정도 지나면 무슨 말을 들었는지 잊어버릴 정도니까———."

"토리고에, 히메지는 점을 안 쳐도 된대."

"———하지만 시즈카 양의 연습 상대 정도는 되어줄 수 있어요."

솔직하지 못하네, 이 녀석.

"히메지마 양, 좋아한다면 좋아한다고 말해도 되거든?"

데구치가 멋진 표정으로 뭔가 좋은 말을 하고 있다.

"생각하는 것만 말하니까 괜찮아요."

우선 데구치가 선두로 나섰다.

데구치는 토리고에의 지시에 따라 카드를 고르거나 생각에 잠기기도 했다.

토리고에가 이것저것 설명하자 데구치가 오오오……, 감탄하며 소리를 냈다.

"잘 맞는 것 같은데……, 그런데 진짜야?"

"조만간 그런 만남도 있을지 몰라. 선택한 카드나 위치를 보면."

"선생님, 감사합니다."

"별것 아니라네."

이상한 분위기가 생겨나 있었다.

어흠, 어흠~, 히메지가 능청스럽게 헛기침을 했다.

"그래, 그래, 다음은 히메지."

"……잘 부탁드립니다."

데구치의 반응을 보고 히메지가 얌전해졌다.

마찬가지로 카드를 고르거나 생각하는 과정이 5분 정도.

"흐음, 흐음. 히메지, 힘들었겠구나."

"네?"

"고른 카드랑 위치를 보니까 그래. 상황이나 환경이 바뀌었고, 이제부터는 좀 괜찮아질 거야."

"……감사합니다, 선생님. 앞으로도 그 말씀을 생각하며 열심히 노력하겠습니다."

"별것 아니라네."

그러니까 그 분위기는 대체 뭔데.

"좋아, 마지막은 나구나. 잘 부탁해."

데구치와 히메지처럼 이것저것 시키는 대로 해나갔다.

"흐음~. 그렇구나."

"뭐가."

"요즘 뭔가 변화가 있었지?"

히메지 말인가? 짐작 가는 게 있다면 그것밖에 없는데.

"그게 뭔가 돌파구라고 해야 하나, 상황이 바뀌는 계기가 되는 것 같아."

"그렇, 구나."

"가까운 사람하고 연애를 하게 될지도 모르고, 그렇지 않을지도 몰라."

어쩌라는 거지.

"절벽 위에 핀 꽃이나 큼직한 장미보다는 길거리에 핀 민들레가 더 낫지 않을까……, 그런 생각이 들기도 하고…….."

목소리가 작아짐에 따라 토리고에의 얼굴이 빨갛게 물들어 갔다.

"토리고에, 얼굴이 빨개졌는데…….”

토리고에가 살며시 자리에 앉았다. 쫓아간 히메지가 옆에서 토리고에의 자리를 들여다보았다.

"시즈카 양, 마지막에 한 말은 점이 아니라 소원 아닌가요?”

"점이에요.”

"이렇게 얼굴이 빨간데.”

쿡쿡, 히메지가 토리고에의 볼을 찔렀다.

"원래 이렇거든.”

"순진하시네요.”

"~~.”

데구치가 깨끗한 눈빛으로 히메지와 토리고에가 이야기를 나누는 모습을 지켜보고 있었다.

"백합 필드가 전개되었군.”

"백합 필드……?”

"금남의 세계야. 타카양, 기억해두도록 해.”

기억해둘 필요가 없다는 건 대충 알 수 있었다.

자기 자리에 앉은 히메지는 어쩔 수 없다는 듯이 한숨을 쉬었다.

"정말, 방심할 틈도 없네요.”

"히메지는 어른의 세계에서 이것저것 경험했으니까 토리고에가 순진하게 보이는 거겠지.”

내가 별생각 없이 말하자 그녀가 쿡쿡 웃었다.

"그렇게 보인다면, 료는 저에 대해 알면 알수록 더 좋아하게 될 거예요.”

……그 자신감은 대체 뭐냐고.

"그건 아닌데."

"후훗, 어린애 같기는."

시끄러워.

"삐지지 말아주세요."

"안 삐졌다고."

아직 뒤를 보고 있던 데구치가 커다란 한숨을 한 번 쉬고는 앞을 보았다.

"선생님, 오늘 힘든 일이 있었습니다."

"말해보세요."

"뒤에서 한창나이의 남녀가 염장질을 하고 있어요."

"용서할 수가 없군요."

그건 계속 이어가는 거야?

## ⑨ 여행 가서 하는 메모는 악필이다

도착한 숙소는 깔끔하면서 복잡하지 않은 여관이었고, 방은 나와 데구치 말고도 다른 조 남자 셋이 낀 5인실이었다. 다른 방도 마찬가지여서 남자든 여자든 각자 대여섯 명이 한방을 쓰게 되었다.

The 여관이라는 느낌이라 찻주전자와 찻잔 같은 게 전기 포트 옆에 있었고, 바로 한 명이 물을 끓였다.

"아~, 저기, 짐만 두고 바로 나가야 돼."

내가 그렇게 말하자 그 남자애가 그랬냐며 책자를 확인했다.

나도 학급 임원 같은 걸 안 했다면 일정이나 스케줄을 파악하진 않았을 테니 무슨 심정인지는 이해가 된다.

"데굿찌, 히메지마 양, 후시미 양, 그리고 SB(사일런트 뷰티) 토리고에랑 같은 조잖아~? 부럽다."

"좋겠지? 남은 것에 복이 있는 법이라고."

조를 정하다가 뒤처졌을 뿐인 주제에, 데구치가 의기양양한 모습을 보였다.

데구치는 다른 남자애들과도 사이가 좋은 모양인지 조별 인원을 확인하고 있었다.

"좋겠다~. 엄청 재미있을 것 같은데."

그렇게 다른 세 남자애들과 신나게 이야기를 하고 있다.

……그렇, 겠지.

나하고만 사이가 좋은 게 아니라 모두와 사이가 좋은 거겠지, 데구치는.

"히메지마 양……, 아이돌이었다는 소문이 있던데, 사실이야?"

전혀 예상하지 못했던 말이었는지 데구치가 깜짝 놀란 표정으로 이쪽을 보았다.

나는 고개를 갸웃거리기로 했다.

히메지는 말할 상대를 고르려 했다. 지금 내가 떠들어댈 만한 일이 아닐 것이다.

"만약에 진짜면, 콘서트 갔을 때 그런 애가 노래하고 춤추고, 마지막에는 미소를 지으면서 악수해주는 거잖아? 어떻게 안 좋아하는데."

무슨 말인지 알겠다며 다른 남자애들이 맞장구를 쳤다.

"슬슬 로비에 집합할 시간이니까 가자."

내가 그렇게 말하자 다들 적당히 대답하고는 최소한의 짐만 챙겨서 이동하기 시작했다.

비교적 신이 난 다른 세 사람 뒤를 따라가고 있자니 나란히 걷고 있던 데구치가 목소리를 낮춰서 말했다.

"저기……, 사실이야?"

"뭐가."

"히메지마 양 이야기."

"글쎄. 처음 들었는데."

그렇게 말하며 말꼬리를 흐리는 게 한계였다.

이런 소문은 퍼지는 속도가 빠르다. 반에 몰래 사귀는 커플이 있다는 화제조차 순식간에 퍼져나가니까.

"……그렇구나."

"예전에 그랬어도 지금 아니면 아닌 거잖아. 이제 노래나 춤은 안 하고, 좋아하지도 않는 사람에게 미소를 보여주지도 않고, 악수도 안 해."

장사라고 했으니까, 본인이.

"그래도 말이지~. 한 번 정도는 망상해보게 되잖아. 아이돌이 전학 왔다~ 같은 상황."

"해본 적 없는데."

"진짜로? 고등학생 맞아?"

"고등학생 맞아."

"나도 그건 알아."

로비에 모두 모인 반부터 버스로 이동했다.

후시미하고 다른 애들은 어떤 방으로 갔으려나.

벌써 구겨지기 시작한 여행 책자를 통해 방 배치를 보니 다른 조 세 사람과 함께 6인실을 쓰는 모양이었다.

비상시를 대비해서 방의 위치나 지도가 있긴 한데, 못된 생각을 하는 바보가 있진 않을지 나는 수학여행 때마다 약간 걱정이 된다.

"다들 모였지~. 그럼 버스에 타~."

와카의 지시에 따라 반 모두가 버스에 탔다. 이번에는 옆에 토리고에가 앉았다.

"타카모리 군, 다음에 갈 곳은 어디야?"

"아, 음———. 유명한 무장을 모시는 신사."

"그런데 그 무장은 나중에 어떤 번(영지)의 당주가 되었을까요."

"퀴즈 시작이야?!"

저요, 저요, 앞에 앉아 있던 후시미가 그렇게 말하며 손을 들었다. 후시미 옆에는 히메지가 있었다.

"히이나한테는 안 물어봤어."

"료 군, 알겠어?"

"……알고 있긴 한데, 말하고 싶지 않아."

내가 창밖을 슬쩍 보니 이야기를 듣고 있던 히메지가 소리를 내며 웃었다.

"후후후. 료는 그냥 모르는 것 아닌가요?"

"이제부터 배울 거라고, 불만 있어?"

내가 뻔뻔하게 나서자 후시미와 토리고에도 웃었다.


30분 정도 걸려서 도착한 신사는 평일이라 그런지 사람이 별로 없어서 느긋하게 둘러보기에는 딱 좋을 것 같았다.

"리포트를 써야 하니까 메모 확실히 해야 된다?"

다들 마찬가지일 텐데, 후시미는 내게만 주의를 주었다.

이해가 안 되네.

"나도 알아."

"펜을 안 들고 왔잖아!"

"휴대폰이 있어."

"요즘 세대네!"

너도 마찬가지잖아.

하지만 아날로그 스타일인 후시미는 자기 펜을 가지고 왔고, 메모지까지 챙겨 왔다.

"히이나. 휴대폰으로 사진을 찍어도 된다고 했으니까 굳이 메모지랑 펜을 가지고 올 필요는 없어."

토리고에도 요즘 애다. 휴대폰으로 이곳저곳을 찍었고, 툭툭툭 소리를 내며 무언가를 메모하고 있었다.

"이러는 게 머릿속에 더 잘 들어오니까 됐어."

내 경험상, 메모를 해봤자 도움이 되는 경우는 별로 없었다. 다시 읽으려 할 때 너무 악필이라 읽지 못하는 경우가 종종 있었기 때문이다.

그리고 도서관이나 인터넷에서 정보를 조사하는 게 제일 귀찮지 않고 편하다.

애초에 이런 리포트를 쓸 때 원고지를 다 채운 적이 없다.

"히나. 료가 저랑 사진을 찍고 싶다고 하는데, 찍어주실 수 있나요?"

"그런 말 안 했잖아."

내 말을 완전히 무시한 히메지는 배경을 신경 쓰며 뒤를 보고는 나를 괜찮은 느낌이 드는 곳으로 데리고 갔다.

"아이, 료 군은 찍고 싶다고는 한마디도 안 했는데? 왜 그래? 환청? 보건 선생님을 불러와야———."

후시미가 진짜로 걱정하고 있었다.

수학여행에 함께 와준 보건 선생님은 지금 어디 있으려나?

"———아, 아니에요! 그런 말을 하고 싶은 것 같아서!"

"안 그랬어."

"그렇다는데."

히메지는 낚아채듯이 내 휴대폰을 빼앗아 들고는 후시미에게 건넸다.

"저, 다 알아요. 당신들이 버스 안에서 무슨 짓을 했는지."

"……윽."

후시미의 미소가 굳었다.

"어, 어쩔 수 없네, 아이도 참……, 딱 한 번뿐이야."

씁쓸한 미소를 지은 채, 후시미가 휴대폰을 들어 올렸다.

내 의견은……?

"히이나, 무슨 짓을 했는데?"

토리고에도 달려들었다.

"뭐, 따질 필요 없잖아."

"히메지마 양으로도 모자라서, 타카양, 너어어어어어어———!"

"어? 료 군. 아이하고 뭔가 했어?"

들고 있던 휴대폰을 슬쩍 내린 후시미의 얼굴 전체는 온화한 느낌이었지만, 눈은 진지했다.

""염장질하던데.""

데구치와 토리고에의 목소리가 겹쳤다.

"호오."

후시미가 들고 있던 내 휴대폰이 뿌득, 기분 나쁜 소리를 냈다.

후시미 뒤에서는 알 수 없는 까만 아지랑이 같은 것이 일렁대고 있었다.

"후시미 양, 후시미 양, 진정해. 일단, 그래, 일단 심호흡을 하자. 그리고 딱히 염장질은 안 했어."

내 폰 돌려줘. 사진 같은 건 어찌 되든 상관없으니까.

"적당히 타협해서, 일단 내가 타카모리 군이랑 사진을……."

무슨 타협을 한 거야, 토리고에.

소꿉친구 두 사람이 시선으로 뭔가 이야기를 하고 있는 틈에 스윽 다가온 토리고에가 휴대폰을 데구치에게 주고 사진을 몇 장 찍어달라고 했다.

"나, 나중에, 보내줄 테니까."

"그래, 응."

"……이렇게 된 이상, 나도 움직일 수밖에 없는 건가……."

데구치, 너는 가만히 있어. 왜 멋진 표정을 짓는 건데.

결과적으로 한 사람당 한 장씩 찍었다.

데구치도.

"너하고는 딱히 안 찍어도 되잖아."

"아니, 흐름상 이러는 게 정답일까 싶어서."

무슨 정답인데.

데구치와 사진을 찍을 때는 후시미와 다른 사람들이 훈훈하게 지켜보았다.

그런 다음, 지나가던 다른 조 사람에게 부탁해서 다 함께 한 장 찍었다.

전송받은 그 사진은 참 잘 찍혀 있었다.

나를 포함해서 후시미, 히메지, 토리고에, 데구치까지 다들 즐거워 보였다.

## ⑩ 밤

신사 부지 안을 산책하고, 근처에 있다는 무가 저택 거리를 돌아다니고, 유명한 것 같은 절을 돌아보니 수학여행 첫날 외부 일정이 끝났다.

여관으로 돌아오는 버스 안에서 데구치가 물었다.

"타카양, 신사랑 절의 차이가 뭐지?"

"나한테 물어보지 마."

"어라? 머리 좋지 않았나?"

"그건 후시미고. 학급 임원이라고 해서 머리가 좋다는 보장은 없어."

"그렇긴 하겠구나."

옆에 앉은 데구치가 그렇게 말하며 납득했다.

앞자리에는 토리고에와 후시미가 앉았고, 혼자 남은 히메지는 뒤쪽 자리에 앉은 모양이었다.

띠링, 띠링, 사진이 차례차례 그룹 채팅방에 올라오기 시작했다. 이걸 공유하기 위해 돌아올 때 만들었다.

보낸 사람은 후시미와 토리고에였다.

"이거 괜찮네."

"응. 표정이 좋아."

앞에서 즐겁게 이야기하는 두 사람은 잔뜩 찍은 사진을 열심히 고르고 있었다.

다섯 명이서 찍은 사진, 둘이서 찍은 사진, 셋이서 찍은 사진, 다양한 패턴으로 고르는 것 같았다.

"후시미 양에 히메지마 양, 토리고에 씨 사진……, 이거 출력하면 돈 받고 팔 수 있겠는데."

데구치는 조용히 쓰레기 같은 말을 중얼거렸다.

내 휴대폰 폴더에는 사진보다 동영상 파일이 더 많았다.

하나에 10초도 안 되는 게 대부분이었고, 시끌시끌 떠드는 거나 조용히 정원을 바라보는 것들이 많았다.

"오. 왠지 느낌 좋은데, 그 동영상."

"윽, 보지 말라고."

데구치가 보고 있다는 걸 몰랐던 나는 급하게 화면을 껐다.

"후시미 양의 감상에 젖은 옆모습. 그리고 찍히고 있다는 걸 눈치채고 당황하면서도 약간 쑥스러운 듯이 포즈를 취하는 느낌. 역시 감독님이셔."

"그만하라고."

새삼 그렇게 말하니 쑥스럽다.

연습을 한 건 아니지만, 모두가 사진이나 동영상을 찍고 있었기에 나도 별생각 없이 해본 것이다.

"그 동영상도 팔리겠어."

"팔지 마."

어떻게든 후시미로 장사를 해보고 싶은 모양이다. 데이터를 보내달라는 요청을 받았지만, 딱 잘라 거절했다.

내가 후시미를 찍었다는 사실을 안 히메지도 '찍고 싶으면 찍으세요'라고 했고, 나는 전혀 그럴 생각이 없었지만 그녀가 찍어줬으면 하는 것 같았기에 찍었다.

분명 화려하긴 한데, 너무 의식해서 폼을 잡았기에 약간 부자연스러운 느낌이 되었다.

그것 말고도 찍은 게 좀 있어서 어느새 용량이 꽤 늘어나 버렸다.

여관이 가까워지자 와카가 앞으로 어떻게 할지 다시 설명해 주었다.

책자에 나와 있는 내용 그대로지만, 나처럼 제대로 듣지 않았거나 책자를 읽어보지 않은 녀석이 잔뜩 있었기에 그런 공지사항은 알려주는 게 나을 것이다.


도착해서 한동안 자유시간을 가진 다음 큰 식당에서 저녁 식사. 덴푸라와 해산물이 주메뉴인 전통식을 먹고 방으로 돌아왔다.

이제 반별로 시간이 되기를 기다렸다가 목욕을 하고 자면 된다.

"여자들은 반별로 30분이나 주는데 남자들은 왜 15분인 거야? 반장님."

"나한테 그런 걸 따져서 어쩌게."

같은 방을 쓰게 된 반 친구가 반쯤 농담으로 불만을 드러냈다.

작년에도 목욕 시간이 비슷해서 대충 씻고 나왔던 게 생각났다.

"목욕은 남녀 따로 하나?"

"당연하지."

혼욕이 더 드물잖아.

"반장님, 어떻게 좀 해줘어."

"못해."

어떻게든 될 거라고 생각한 건가.

"여자들이 옆쪽 탕에서 꺅꺅거리는 거 안 듣고 싶어?"

한 사람이 그런 말을 꺼내자 나를 제외한 네 사람이 마구 맞장구를 쳤다.

"어차피 여자애들 중 누군가가 일러바쳐서 싸늘한 시선을 받을 테니 그만두라고."

왜 매번 이런 녀석이 있는 걸까.

"아니, 그게 아니야, 반장님. 우리는 목욕하러 가는 것뿐이라고. 소리는 멋대로 들리는 거니까 어쩔 수 없지."

들리는 거랑 귀를 기울이는 건 전혀 다른 것 같은데.

"엿본다고? 아니, 그런 건 너무 낡았지. Sound Only. 이게 새로운 형태야."

왜 폼을 잡는 거야. 다른 세 사람은 '너, 좋은 말을 하는구나' 같은 느낌으로 하이파이브를 하고 있었다.

"……그것도 나름대로 안 될 것 같은데."

새로운 형태의 '엿보기' 이야기를 하며 네 사람이 사기를 끌어올리고 있자니 똑똑, 방문을 노크하는 사람이 있었다.

"네, 들어오세요."

들어온 사람은 유카타 차림의 후시미였다. 머리카락을 뒤로 묶고 있어서 엄청나게 신선해 보였다.

"실례합니다……."

그녀가 살며시 고개를 내밀자 시간이 딱 멈춘 것처럼 나 말고 다른 남자애들이 살짝 허리를 뒤로 빼며 공손해졌다.

"무슨 일 있어?"

"료 군, 료 군, 휴대폰 충전기 가지고 왔어?"

"아, 그거라면———."

내가 가방을 뒤지려고 하기도 전에 충전기를 챙긴 네 사람이 한쪽 무릎을 꿇고 후시미에게 충전기를 내밀었다.

"내 충전기를……."

"이 녀석 거는 냄새가 나니까 안 쓰는 게 좋을 거예요. 제 거는 엄청나게 충전시킬 수 있습니다."

"공주님, 제 거라면 이 녀석 것보다 다섯 배는 충전시킬 수 있어요."

"나라고 생각하고 소중히 다뤄줘, 후시미 양."

깜짝 놀라 눈을 동그랗게 뜬 후시미가 깔깔대며 웃었다.

"고마워. 그래도 왠지 돌려주기 껄끄러울 것 같으니까 료 군 거를 빌릴게요."

"토리고에나 다른 사람은 안 가지고 왔어? 충전기."

"아……, 다들 자기 거를 충전하고 있어서……, 료 군이라면 배터리가 남았을 테니까 한동안은 괜찮을까 했거든."

왜 내 휴대폰 배터리까지 파악하고 있는 거야.

휴대폰을 자주 만지작거리지 않으니까 그럴 거라 생각한 거겠지만.

"자, 가지고 가."

대충 던지자 그녀가 재주도 좋게 잡아냈다.

"나이스 캐치."

"에헤헤. 그치~?"

고마워~. 후시미는 그렇게 말하고는 방에서 나갔다.

"결국 타카양이냐고……."

"좋겠다아, 사이좋아서……."

"나, 만화의 엑스트라가 된 줄 알았어. 완전히 청춘의 한 페이지 같아서."

"여자친구가 아니라도 상관없어……! 그럴싸한 무언가가———, 적어도 사이좋게 지내는 여자애 정도는 있어도 될 텐데……."

높아졌던 사기가 일제히 내려간 남자애들. 다들 축 처진 표정이었다.

……아니, 다들 후시미의 휴대폰하고 규격이 다르니까 충전을 못 했을 텐데.

이런, 이런, 진짜 못 해먹겠네, 하며 토라진 같은 방 남자애들이 목욕할 준비를 하기 시작했다.

"""""내 소꿉친구는 어디로 간 걸까……."""""

한숨이 가득 찼기에 환기를 시키기 위해 창문을 열어두었다.

시간이 좀 지나고 나서 휴대폰이 울렸다. 확인해보니 후시미가 보낸 메시지였다.

『물어보는 걸 깜빡했어!』

뭘?

———그렇게 입력하고 있자니 다음 메시지를 받았다.

띠링, 사진이 떴다.

유카타 차림의 셀카 사진이었다.

『어울렸어?』

잘 살펴보니 급하게 찍어서 그런지 가슴 쪽이 벌어져 있었기에 나는 무심코 휴대폰에서 눈을 돌렸다.

"이 녀석……."

아마 일부러 그런 건 아니고, 순진한 거겠지…….

띠링, 또 메시지를 받았다. 실눈을 뜨고 화면을 보니 새 메시지 위에 있던 사진이 지워져 있었다.

『야하게 찍혀버렸어어~?!?!』

그건 내가 할 말이야.

가슴이 너무 납작해서 틈새가 벌어지기 쉬운 거 아닌가? 나는 그렇게 생각했다.

『굳이 유카타 말고 체육 시간에 입는 트레이닝복도 괜찮은데.』

『분위기가 안 나니까.』

분위기가 꼭 필요해?

『취소! 아까 그거! 새로 찍어서 보낼 테니까!』

『어울렸어, 어울렸어.』

『뭔가 대충이야!』

흥, 하고 화를 내는 듯한 스탬프도 왔다.

『얼른 목욕하러 가라고.』

『여자애들은 아직 좀 남았단 말이야.』

주위를 보니 우리 방 멤버들은 이미 없었다.

그렇구나, 시간을 엇갈리게 잡은 모양이야.

꺅꺅거리는 소리에 귀를 기울이게 되는 건 누굴까.

『료 군은 목욕할 시간인데.』

『다들 하러 가긴 했는데 나는 나중에 몰래.』

『나쁜 애다!』

여관 홈페이지에는 목욕탕 영업을 23시까지 한다고 적혀 있었다. 굳이 서둘러서 15분 만에 씻고 나올 필요는 없지 않나? 그런 생각이 든다. 뭐, 다른 손님들하고 문제를 일으키는 걸 방지하기 위해서겠지만.

TV라도 볼까. 그렇게 생각하며 편성표를 보고 있자니 철컥, 문이 열리는 소리가 들렸다.

누군가가 두고 간 물건을 가지러 왔나 보다.

그런 줄 알았더니 아니었다.

"말했잖아. 착한 애가 아니라고, 나……."

콰당.

후시미가 손을 뒤로 돌려 문을 잠갔다.

슬리퍼를 벗고, 깔린 이불을 밟지 않게끔 조심하며 후시미가 내 곁으로 다가왔다.

나란히 깔린 것들 중 제일 구석 창가 쪽 이불이 내 영토다.

그녀가 풀썩 앉자 묘한 긴장감이 풍겼다.

"……문, 잠그지 말라고."

"나쁜 애라서 잠갔어요."

후후후, 후시미가 장난치듯이 웃었다.

"뭐 보고 있었어?"

그녀는 그렇게 말하고 나란히 앉아 TV를 보기 시작했다. 정규 방송 예능. 매주 항상 챙겨보는 것도 아닌 그 프로그램은 후시미가 신경 쓰여서 전혀 집중할 수가 없었다.

광고가 시작되자 그녀가 내 무릎을 쿡쿡 찔러댔다.

"왜?"

"아이하고 시이랑 사진 찍었지?"

"찍었는데."

"엄청 실실대더라."

"안 그랬어."

"거짓말이다아~."

그녀는 자기가 말을 꺼내놓고 바로 토라졌다.

"소꿉친구하고만 찍어야 한다고요오~."

"그런 규칙은 없잖아."

"액자에 넣어서 소중하게 간직하면 어쩔 건데!"

그럴 녀석은 없을 것 같아.

후시미의 볼이 약간 빨갛다. 목욕을 하고 나온 것처럼.

그녀는 흥, 하고 콧김을 거세게 내뿜으며 나를 밀쳐서 넘어뜨렸다.

"아얏. 뭐 하는 거야."

"이불이 있으니까 괜찮아————."

몸을 일으키려 하자 후시미가 끌어안는 듯이 내 위로 몸을 겹쳤기에 다시 이불에 쓰러지게 되었다.

"후시미?"

"료 군은 그렇게……, 모두에게 자상하게 대해주니까 정말 싫어."

가슴 근처에서 후시미가 발끈하며 나를 올려다보았다.

"후시미 씨, 움직이니까 벌어졌는데요……, 유카타가……."

"조금 정도는 괜찮다니깐."

괜찮기는 무슨.

지나치게 얌전한 가슴이 2할 정도는 보인다고.

"부스럭부스럭, 부스럭."

그녀가 이불 속으로 들어간 다음 내게도 이불을 덮어주었다.

"고마워———가 아니지, 뭐 하는 거야."

"아하하하하."

아~, 재미있다~. 그녀는 그렇게 말하며 눈가에 맺힌 눈물을 집게손가락으로 닦았다.

목욕을 하고 나온 것처럼 볼이 붉게 물들어 있다. 하지만 우리 반 여자애들이 목욕을 할 시간은 아직 멀었고…….

"후시미, 너, 술 먹었어?"

"……안 먹었는데요."

……눈을 전혀 마주치려 하지 않는다.

"뭘 마신 거야?"

"주스 같은 거."

주스 같은 거라면 주스가 아닌 거지?!

"언제 먹었는데."

아니, 먹인 녀석은 누구야? 후시미랑 같은 방을 쓰는 멤버인가?

"정말, 터무니없는 불량 학생이네."

"료 군하고 똑같아."

에헤헤 웃으며 데굴데굴 굴러서 내 품속으로 들어오려 하는 후시미.

"같은 방을 쓰는 녀석들이 이런 모습을 보면———."

"그래서 문 잠근 거잖아?"

터무니없는 불량 학생이다.

밖이 소란스럽다.

"료 군."

"응? ……그건 그렇고, 왠지 밖이 소란스러운데———."

"괜찮아, 괜찮아. 이불 속에 있으니까 누가 들어오더라도 들키지 않아, 들키지 않아!"

그렇구나. 이불 속에 있으니까 말이지. ———아니, 그럴 리가 없잖아. 이불은 4차원 주머니가 아니라고.

역시 소란스러운데…….

그렇게 바깥에 정신이 팔려 있자니 후시미가 얼굴을 가까이 들이댔다.

"료 군."

"왜?"


"———키스, 안 해?"


침이 목 이상한 곳에 들어가서 콜록콜록, 기침을 몇 번 했다.

"아, 안 해……. 그런 건, 순서가……."

"이미 해버렸는데? 이상한 구석에서 진지하다니까."

후시미가 쿡쿡, 코를 찔러댔다.

철컥―――.

시원스러운 금속음이 들린 다음, 문이 열렸다.

어? 문을 잠근 거 아니었나……. 문 열쇠도―――, 저기 있네. TV 옆에―――.

"반장님~, 문 잠그고 어디 가지 말라고."

"목욕하러 오나 싶었는데 안 오고."

"진짜, 어디 간 건지―――."

아, 마스터키구나! 프런트 같은 데서 빌려왔나? 그래서 복도에서 떠들고 있었구나.

큰일이다.

후시미와 내가 같이 있는 걸 들키면 문을 잠그고 방에서 뭔가 하고 있었던 거라 생각할 텐데.

그것도 이불 속에서.

"어쩌지? 료 군, 들켜버릴 거야."

왠지 즐거워 보이네.

게다가 이 소꿉친구가 취했다는 걸 들키면 더 큰일이다.

이제 이 방법밖에 없다.

마침 눈에 들어온 벽장 문을 재빨리 살짝 열고 후시미를 밀어 넣었다.

"어? 뭐야~?"

"조용히 하고 있어."

나는 곧바로 내 이불로 돌아와 자는 척을 했다.

"이봐~, 반장님……."

"아니, 자고 있잖아~."

"안 열어줄 만했네."

"타카양~, 아침이야~."

데구치가 내 몸을 흔들면서 깨우려 했다.

어떻게든 다른 사람들을 방 밖으로 내보내고, 그 틈을 타서 후시미도 내보내야겠다.

그 방법밖에 없다.

"……아, 미안, 자버렸네."

"너무 금방 잠들잖아~!"

같은 방을 쓰는 멤버들은 신이 나서 웃었다.

스르륵, 벽장 문이 살짝 열리더니 후시미가 방안을 들여다봤다.

나는 벌떡 일어나서 벽장을 등진 채 손을 뒤로 돌려 억지로 닫았다.

"어, 어두운 거 무서워……."

"참아."

"타카양, 왜 그래?"

"아니……, 아무것도 아니야."

겨우 미소를 지은 나는 한동안 같은 방 멤버들과 이야기를 하면서도 뒤에서 소리가 들릴 때마다 호들갑스럽게 재채기를 하거나, 기침을 하면서 들리지 않게 하느라 매우 바빴다.

"여, 여자애들 방에, 가보지 않을래……?"

"그, 그런 짓 해도 되려나?"

"선생님에게 들키지만 않으면?"

"그 애들도……, 분명히 쓸쓸할 거야. 남자들이랑 같이 트럼프를 하고 싶을 거라고."

혼나도 난 모른다.

"타카양도 가자고. 우리는 운명공동체야. 그렇지?"

와, 완전히 끌어들이려 하고 있다.

우리는 이해가 잘 안 되는 하이파이브로 연대감을 확인했다.

"그럼, 가볼까요———."

다들 듬직한 표정으로 휴대폰만 챙긴 채 방에서 나갔다. 문단속 담당으로 내가 열쇠를 챙겼다.

모두가 복도로 나가 걷자 벽장에서 후시미가 나와 살며시 방을 나섰다.

나는 안도의 한숨을 쉬었다. 버텨냈다. 버텨냈다고.

"잘 자~."

후시미는 조용히 그런 말을 남기고 우리가 가는 곳 반대쪽으로 복도를 걸어갔다.

나는 서둘러 같은 방 멤버들을 쫓아갔지만, 보아하니 선생님의 감시망에 걸렸는지 불평하며 돌아오고 있었다.

"우리 방 멤버들끼리 할까."

데구치가 어쩔 수 없이 그렇게 말하자 나는 큰 목소리로 맞장구를 쳤다.

"하자. 다 같이."

너무 힘차게 말했는지, 다들 의아해하며 서로 마주 보고는 재 밌다는 듯이 웃었다.

"타카양, 트럼프 좋아하는구나~."

"어쩔 수 없지~. 반장님하고 놀아줄까."

다른 사람들도 딱히 싫지는 않다는 듯이 고개를 끄덕였고, 방 에서 트럼프 대회가 시작되었다.

같은 방 멤버들끼리 한 트럼프는 생각보다 달아올랐다.

게임은 계속 도둑잡기.

어째서 이렇게 질리지도 않고 할 수 있는 건가 싶었는데, 차분히 생각해 보니 이유가 금방 나왔다.

"먼저 끝낸 녀석부터 누구 팬티를 보고 싶은지 말하자고."

"이봐, 보통 그런 건 벌칙으로 하는 거잖아."

"상관없어. 해주지."

"너는 말하고 싶은 거냐."

이런 식으로 쓸데없는 벌칙 같은 걸 하면서 게임 중에 이야기를 나누었다.

"데구치는 누군데."

"먼저 끝내면 말해줄 테니까 기다려."

"여자애? 남자애?"

"당연히 여자애지."

나도 모르게 그런 태클을 걸어버렸다.

"반장님도 그런 걸 좋아하시나 보네."

옆 사람이 그렇게 말하며 나를 팔꿈치로 찔러댔다.

"아니, 남자애 이름이 나와도 좀 그렇잖아."

"그렇지. 신사인 우리는 달아오를 수가 없단 말씀."

데구치가 그렇게 말하면서 거들어주었다.

옆 사람의 카드를 뽑아서 페어를 만들어 버리고, 반대쪽 사람이 카드를 뽑게 한다————.

익숙한 흐름을 계속 반복해나갔다.

"1등."

맞은편 남자애가 마지막 페어를 버리고는 나를 한 번 보고 나서 말했다.

"반장님 앞에서 말하긴 좀 그렇지만————, 후시미 양. 진심으로."

"왕도구나, 왕도."

"뭐, 그렇지."

"무난하네."

후시미 거를? 그 정도로……?

게임이 진행되면서, 나도 내가 끝냈을 때 누구라고 말해야 할지 생각하기 시작했다.

"좋아, 나도 끝."

오른쪽 남자애가 그렇게 말한 다음 같은 클럽의 여자 선배 이름을 댔다.

"아니, 보고 싶다기보다는 슬쩍슬쩍 보인다고."

"진짜로?"

"활동 중에?"

그렇게 질문이 들어오는 와중에 데구치도 끝냈다.

"나는……, 와카밖에 없지."

""""아~.""""

맞장구가 폭풍처럼 쏟아졌다.

우리는 왜 이런 화제로 신나서 이야기를 하고 있는 걸까.

나머지 한 사람과 맞대결을 하게 되었고, 마지막으로 내 손에 도둑이 남았다.

"좀 진지하게 말하자면———."

옆 반 여자애 이름이 나왔다.

'그게 누군데?'부터 시작해서, '아, 그 애' 하며 이야기하는 와중에 모두가 이해했다.

자. 다음 게임 준비를······.

모두가 이쪽을 빤히 바라보고 있다.

"타카양, 이게 무슨 흐름인지······, 이해하지?"

"이해하고 싶지 않아······."

"반장님~, 말 안 하고 넘어갈 순 없다고."

옆 사람이 내 어깨를 툭, 두드렸다.

어, 어쩔 수 없지.

"······5월에 교생 실습 온 사람. 세계사······, 호시노 씨, 였던가?"

한 달 정도 전에 교생 실습을 하러 와서 우리 세계사를 담당해 주었던 사람이다.

"우와, 그럴싸한 사람을 집었네."

"대학생이라~~."

"손이 닿을 만한 곳만 보고 있는 우리가 어린애라는 건가?"

"타카양······, 센스가 제법이잖아."

누구도 피해를 입지 않을 만한 사람을 말했더니 왠지 모르겠지만 엄청나게 칭찬을 받았다.

"이봐, 소등 시간이다———."

어느새 그런 시간이 되었는지 순찰 담당 선생님이 방으로 들어왔다.

급하게 자기 이불로 돌아가 자는 척하면서 선생님이 나가기를 기다렸다.

문을 닫는 소리가 들리자 방이 조용해졌다.

조명을 꺼서 어두운 와중에 누군가가 웃기 시작하자 나도 덩달아 웃었다.

"이봐, 이봐, 타카양. 타카양은 연상이 좋은 거야?"

"꼭 그런 건 아닌데……. 와카 이름을 댄 데구치 너도 그런 말을 할 입장은 아니잖아."

"후훗, 그렇지."

왠지 모르겠지만 의기양양하게 코 밑을 손가락으로 문질렀다는 걸 알 수 있었다.

소등 시간이지만 아무도 잠들지 않고 다 같이 조용히 이야기를 했다.

주로 연애 이야기.

남자애들도 하는구나. 모두의 이야기를 들으며 그렇게 생각하고 있었다.

주된 내용은 어떻게 데이트를 신청할 것인가부터 시작해 그걸 위해 어떤 메시지를 주고받으면 될까 하는 것들.

이런 흐름이라면 내 일이라는 걸 들키지 않게끔 그 이야기를 할 수 있을지도 모르겠다.

"만약에 갑자기 키스당하면 어떻게 할 거야?"

"누구에게 당하는지에 따라 나르겠시만, 깜짝 놀라겠지……."

한 사람이 그렇게 말했다.

"설정은? 설정."

"같은 학년 여자애고, 원래 사이좋게 지내던 관계."

"나라면 죽을 만큼 의식하게 될 것 같은데."

아…….

그건 이해가 된다.

마법에 걸린 것처럼, 자연스럽게 후시미를 의식하는 경우가 늘어났다.

"얘들아. 이거 진짜 고민 상담 같은데."

다른 사람이 그렇게 말했다.

사실이긴 하지만, 부정해야겠지.

"그냥 예를 든 거지, 내가 그런 고민을 하는 건 아니……."

"""아니, 아니, 아니, 아니."""

목소리가 겹쳤다.

"그렇게 말을 꺼내놓고 안 들킬 줄 알았어?"

"타카양, 불을 켜보면 얼굴이 빨개졌을지도 몰라."

"시, 시끄러워. 그래, 맞다!"

내가 뻔뻔하게 나가자 다들 깔깔대며 웃었다.

"좋아하게 됐어?"

아마 이건 데구치의 목소리일 것이다.

"당했다고 해서 좋아하게 되지는……, 아니, 솔직히 모르겠어."

어두워서 그런지 생각하던 걸 쉽게 말할 수 있었다.

"그 대신, 생각하고 있어. 지금은 아직 생각만 하고 있지만."

이런 상황이 되었는데도 아직 멈춰 서 있는 나는 시노하라의 말대로 한심하고 골치 아픈 녀석일 것이다.

"진지하다는 걸 어렴풋이 느끼고 있으니까 나도 진지하게 생각하고 있다고 해야 하나……."

제대로 설명한 건지는 모르겠다. 좀 더 말을 잘할 수 있었을 것 같기도 하다.

"어른이구나, 반장님."

"……나였으면 아무 생각도 없이 돌진해버렸을 것 같아."

그것도 괜찮을지도 모른다. 그런 생각도 들었다.

"간단히 결론을 내리지 못한다는 건 타카야에게 소중한 사람이라는 뜻이지?"

"뭐, 그야 그렇지."

"응, 그렇다면 이상한 게 아니지. 진지하게 생각한다는 것도."

그런 건가?

"아마 그런 걸 성의라고 하지 않을까."

성의라.

그런 식으로 생각해 본 적은 없었네.

## ⑫ 둘째 날

수학여행 둘째 날, 아침에 일어나 보니 와 있던 마나의 메시지에 답장을 한마디 보냈다.

'어때~? 즐거워?'라는 메시지였기에 답장을 보내기도 편했다.

아침 식사를 하고 옷을 갈아입자 둘째 날 일정이 시작되었다.

둘째 날은 정해진 관광 명소를 돌아보고 선생님에게 도장을 찍어달라고 하는 스탬프 랠리. 그걸 시간 안에만 하면 어떤 루트로 가도 좋고 뭘 해도 상관없기에 어제와 비교하면 관광 여행이라는 느낌이 강하다.

"정해진 스케줄을 잘 지키자."

여관 현관에 멤버들이 모이자 책자를 확인한 후시미가 그렇게 말했다. 어떻게든 예정표대로 실행하고 싶은 모양이었다.

"이제 10분 정도면 버스가 가버릴 테니까 얼른 가자~!"

"한 대 정도는 그냥 보내도 되잖아."

"안 돼, 안 돼. 그러다 보면 돌아올 수 없게 되어버릴 테니까."

그렇게 스케줄이 빡빡하지도 않을 텐데.

"불량배한테 시비가 걸리면 어떻게 할 거야."

"무슨 그런 걱정을 하고 있어."

너무 특이한 경우잖아.

"시간 안에 정해진 곳만 돌아보면 되는 거죠? 히나는 바보처럼 성실하다니까요."

그렇게 말한 히메지는 나와 생각하는 게 비슷한 모양이었고, 의외로 적당한 구석이 있었다.

"히이나가 준 스케줄은 무리하는 부분이 없게끔 잘 짜여 있으니까 좀 느긋하게 가도 될 거야."

"그런 거예요."

후시미는 천군만마를 얻었다는 듯이 가슴을 펴고 당당하게 말했다.

저렇게 성실하면서 그 술은 대체 어디서 난 거야?

주스 같은 거라고 했으니까 맥주 계통은 아니고 칵테일이나 츄하이 같은 거겠지만.

후시미가 그런 걸 멋대로 가지고 왔을 것 같지는 않다.

"어제 트럼프 재미있었지, 타카얏."

"그래. 오늘도 할까?"

"이번에는 다른 걸 해보자고."

그것도 좋지. 그렇게 맞장구를 치자 이야기를 듣고 있던 후시미가 끼어들었다.

"밤에 트럼프 했어?"

"그래. 후시미 양도 하고 싶었어?"

"하고 싶다고 했으면 끼워줬을까?"

"물론이지. ……역시 트럼프를 못 해서 쓸쓸했구나."

그걸 못 했다고 쓸쓸하진 않았을 텐데.

"히이나. 남자애들 방에 가면 혼날 거야."

"몰래 가면 괜찮아, 괜찮아."

"저도 가도 될까요?"

히메시가 묻자 거질할 이유가 없는 우리는 비로 고개를 끄덕였다.

"히메지도 간다면 나도 가도 될까?"

"얼마든지 와."

오늘 밤도 길어질 것 같다.

후시미는 마치 인솔을 맡은 선생님처럼 메모지를 들고 목적지와 거기까지 드는 차비를 가르쳐 주었다.

우리 말고도 그 버스를 타려는 조가 몇 군데 있었고, 후시미와 히메지를 중심으로 버스 정류장에서 이야기가 시작됐다. 원래 인기가 많았던 후시미와 전학생이라서 아직 다른 반 녀석들은 신기하게 보는 히메지. 많은 사람들이 말을 거는 것도 이해가 된다.

나와 토리고에, 데구치는 당연하게도 그 모임 밖에 있었다.

"저기, 토리고에네 방 멤버들 중에 장난치는 녀석 없어?"

"장난? 그게 무슨 소리야?"

"아니, 어제 후시미가 뭔가 이상해서. 남자애들이 목욕하던 시간쯤에."

"……그래?"

"'주스'를 마셨다던데."

"주스라면 괜찮을 것 같은데. 무슨 문제라도 있어?"

토리고에는 모르는 것 같다.

잠시 후, 도착한 버스를 타고 20분 정도 가자 첫 번째 목적지인 미술관에 도착했다. 근대 예술이 전시되어 있는 모양이었다.

접수처 앞에 있던 선생님에게 티켓을 받고 책자에 도장을 찍어 달라고 했다.

후시미의 행동계획표에 따르면 두 시간짜리 일정이었지만, 한 시간 정도 만에 다 돌아버렸다.

로비 옆 공간에 있던 소파에 앉아 잠시 쉬었다.

"뭐라고 해야 하나……, 새, 새로운 느낌이었지?"

후시미는 전시물에 대해 자상한 감상을 늘어놓았다. 평소보다 미소가 어색했다.

"그래, 응, 그랬지. 오히려."

데구치도 그렇게 동의했다.

나는 전혀 이해가 되지 않았다. 현대 미술이라는 걸 처음 봤는데, 멍해지는 것들밖에 없었다.

"그게 대체 뭔가요. 고물이 놓여있기만 하잖아요."

히메지는 생각했던 것을 그대로 말했다.

후시미가 잘 포장해서 말한 게 허사로 돌아갔잖아.

그러고 보니 히메지만큼은 힐끔 보고 다음, 다음, 하며 넘어갔 었지.

"저래 봬도 계보가 이것저것 있는 모양이던데? 누군가에게 영 감을 받아서 그걸 독자적으로 어레인지하기도 하고."

가장 흥미롭게 본 사람은 토리고에였다. 나름대로 재미있었던 모양이다.

"문외한들이 볼 만한 게 아니라는 건 알겠어요."

히메지의 심정도 이해가 되었기에 나는 고개를 몇 번 끄덕였다.

후시미가 단체 사진을 찍어야 한다는 이야기를 꺼냈기에 선생님에게 부탁해서 한 장 찍어달라고 했다.

"이런……, 멋진 앨범이 생겨버리겠어."

데구치가 뭔가 상상했는지 감동하며 눈을 감고 있었다.

"겨우 사진 정도로 뭘."

내가 그렇게 말하자 데구치가 쯧쯧, 소리를 내며 집게손가락을 흔들었다.

"뭘 모르네, 타카양, 뭘 몰라. 여자애들한테는 사진을 찍자는 말을 나서서 하기가 힘들잖아. '저 녀석, 나를 노리는 거 아닌가?' 라면서 경계하면 마음도 상하고."

"그런 여자애도 있어?"

"있다고, 꼭 어중간한 애들이 그렇다니까."

데구치의 의견을 듣고 그런가? 싶어 고개를 갸웃거렸다. 이야기를 같이 들은 두 소꿉친구에게도 물어보았다.

"후시미랑 히메지도 그렇게 생각해?"

"" "아니, 전혀.""

"타카양, 생태계의 정점에게 물어보면 당연히 그렇게 되지."

아마 정점이 아닐 토리고에게 물어보니 작은 목소리로 말하기 시작했다.

"나는……, 저기……, 조금 그런 생각이 들어. 마, 마음이 있는 건가, 싶어서, 기대, 할, 지도……."

"토리고에 씨, 사진 찍자!"

"진짜 안 돼, 진짜 안 돼. 흑심이 구현화된 표정이니까."

"어째———서냐고오."

데구치가 분하다는 듯이 하늘을 올려다보았다.

"데구치는 꼭 어중간한 애들이 그렇다고 했는데, 토리고에는 어중간하지 않으니까."

"아……, 응. ……고마워."

악의를 품고 한 말은 아닐 테니, 데구치를 감싸주었다.

휴식을 마치고 다음 목적지인 전통 정원을 향해 걸어가기로 했다. 보아하니 꽤 유명한 곳인 모양인지 이동 중에 후시미가 해설을 해주었다.

"후시미 양, 진짜로 유능하구나."

"아니~. 조금 알아본 것뿐이니까."

앞쪽에서 데구치와 후시미가 걸어갔고, 그 뒤를 나와 토리고에가 걸었다. 그리고 우리 뒤에는 히메지가 있었다.

"어젯밤에 그쪽 방에서 무슨 일 있었어?"

"아니……, 있었다고 할 수도 있으려나."

"무슨 일?"

"별거 아닌 연애 이야기. 주스랑 과자를 펼쳐놓고."

수학여행답다고 할 수도 있겠다.

"누구를 좋아한다든가, 그런 솔직한 거?"

"———그렇게 하는 애도 있었어. 하지만 나는 아니야."

"아니야?"

"응."

그런 이야기에 참가해서 솔직하게 이야기하는 타입은 아닌 것 같으니 상상이 되었다.

아무런 말도 하지 않고 조용히 듣기만 하는 모습이.

"말해줬으면 했어?"

"어?"

무슨 이야기인지 이해가 되지 않아 되묻자 그녀는 심술궂은 미소를 보였다.

"차이긴 했지만, 아직 좋아하는 사람이 있다고."

내 눈을 똑바로 보며 말했기에 뭐라고 해야 할지 알 수가 없었다.

"말 안 해. 누구에게도. 미이 정도 되는 사람 말고는."

시노하라랑은 사이가 좋으니까 말이지.

말을 남긴 토리고에는 걸음 속도를 늦춰 히메지와 나란히 걷기 시작했다.


유명한 것 같은 정원에 도착해서 다시 선생님에게 도장을 찍어 달라고 한 다음, 산책을 했다.

점심시간. 점심도 조별로 마음대로 먹는 거라 정원 안에 있는 분위기 좋은 가게에서 소바를 먹었다.

난 이럴 때는 재빨리 해결할 수 있는 패스트푸드가 좋은데. 지갑 사정을 생각하면 더.

조용히 그렇게 말하자 후시미가 어이없어했다.

"료 군은 운치라는 걸 모르는구나~."

"후시미는 알아? 그 운치라는 거."

"전통적인 곳에서는 전통 음식을 먹는다."

정말 간단한 운치구나.

가게를 나선 다음, 데구치가 감동한 듯한 표정으로 말했다.

"덴푸라 소바, 진짜 운치 있었어."

절대 모르는 것 같은데. 참고로 나는 키츠네 소바를 먹었다.

"말차 아이스크림도 운치 있네."

"그렇죠. 운치가 있어요."

토리고에가 산 말차 아이스크림을 히메지가 한 입 얻어먹고 있었다.

그냥 운치라는 말을 하고 싶을 뿐인 것 같았다.

결과적으로 이 전통식 정원에서 시간을 꽤 보내게 되었다. 후시미와 데구치가 가는 곳마다 사진을 찍자고 했기 때문이다.

남은 체크포인트는 정원 근처에 있는 성의 공원과 시장, 두 군데.

공원은 정원과 별 차이가 없었기에(나는 그런 것 같았다), 도장만 찍고 다음 차례인 시장으로 버스를 타고 이동했다.

제일 뒷자리에 우리 다섯 명이 앉자 히메지가 창밖 풍경을 바라보며 조용히 말했다.

"모르는 마을은 좋네요."

"운치가 있지."

"그러게요."

"후시미 양, 말차 맛 과자는 운치가 있나요?"

"노 운치."

"그렇구나~."

운치라는 단어는 우리 조에서만 통하는 유행어가 되어가고 있었다.

시장에서 가장 가까운 버스 정류장에서 내려서 선생님―――, 와카를 발견하고는 도장을 찍어달라고 했다.

어젯밤에 데구치가 이상한 말을 해서 한순간 신경 쓰인 건 어쩔 수 없는 일이겠지.

"학급 임원즈 조는 순조롭구나~. 이제 두 시간 정도 남았는데 너무 마음대로 다니면 안 된다~? 특히 데구치."

"으엑, 저요?"

"타카모리까지 포함해서 다른 네 사람은 그러지 않을 것 같으니까."

"저를 그렇게 잘 봐주고 계셨군요, 선생님……."

"안 좋은 의미로 말이지."

나도 마찬가지긴 하지만, 데구치도 비슷하게 찍힌 모양이었다.

일반적인 상점가인 어시장에서는 다양한 해산물을 팔고 있었다.

"료 군, 저거, 저거! 엄청 맛있을 것 같아!"

완전히 신이 난 후시미가 내 팔을 잡고 성큼성큼 나아갔다. 뭐가 신경 쓰이나 싶었는데 가리비 버터구이였다. 한 개에 500엔. 뭐, 가격이 꽤 나가네…….

그래도 맛있을 것 같았기에 후시미가 사는 걸 따라 덩달아 나도 샀고, 뒤따라온 다른 사람들도 샀다.

"맛있다."

가리비를 먹으며 돌아다니던 와중에 데구치가 입구 쪽을 힐끔 돌아보았다.

"역시 와카는 좋단 말이지."

"전혀 동의하지 못하겠다는 건 아닌데, 어떤 부분이?"

"29세, 영어 교사……, 왠지 야하잖아?"

"그래?"

"귀엽거나 엄청 예쁜 건 아니지만, 그럭저럭 괜찮다는 부분이 더더욱 그렇지."

"와카는 지금 쓸쓸하게 학생들을 기다리고 있는데."

"나, 가리비를 선물로 챙겨서 잠깐 다녀올게."

데구치가 이탈했다. 아까 샀던 가리비를 또 사서 왔던 길을 돌아가기 시작했다.

"데구치 군은 여자라면 누구나 좋은 것 같아."

토리고에가 너무 맞는 말을 했기에 나는 감싸줄 멘트가 떠오르지 않았다.

"남자들은 다 그렇지 않나요?"

뭔가 아는 척하며 말한 히메지가 어깨를 으쓱였다.

"아이, 료 군은 안 그렇잖아."

"료도 마찬가지예요. 한 꺼풀 벗겨보면 남자들은 다들 똑같으니까요."

"안 그렇다니까."

"히나가 그렇게 생각하고 싶을 뿐이잖아요? 저는 그렇게 결벽스럽지 않으니 놀라거나 충격을 받지도 않아요."

"아하~. 그래서 어쨌다는 거야?"

"……."

발끈이라는 소리가 날 정도로 히메지가 눈살을 찌푸렸다.

아~. 이거 오래 가겠는데. 게다가 중재하러 나서면 분명 불똥이 튈 테고.

후시미가 이렇게 시비를 거는 건 역시 히메지밖에 없단 말이지.

"저기도 나름대로 즐거워 보이니까 우리는 먼저 갈까?"

"그래, 그러자."

아, 그러고 보니 토리고에하고 약속을 했었지.

"히이나는 히메지하고 항상 저래?"

"매번 그런 건 아닌데, 뭔가 계기가 있으면 저렇게 마찰이 생겨."

"사이가 좋구나."

"그냥 오랜 악연 같은 거지. 그런데 말이야."

나는 좀 전에 이야기했던 화제를 꺼냈다.

"후시미가 밤에 이상한 걸 먹진 않았어?"

"어제 보기로는 그냥 주스였는데. ……그런데 연애 이야기를 하다가 혼자 들떠서 한동안 자리를 비웠어."

아……, 그 타이밍이구나. 우리 방으로 왔던 게.

그럼 주스 같은 게 아니라 그냥 주스였다는 거네.

술이 섞인 걸 먹었나 싶을 정도로 토리고에의 말처럼 들떠 있었다. 분위기에 취한 건지도 모르겠다.

"여동생에게 줄 선물 살 거야?"

"물론이지."

밥의 질에 영향이 있으니까.

"나도 살 거니까 가져다줄래?"

"그래. 기뻐할 거야."

"여동생하고도 사이가 좋네, 타카모리 군. 우리 집은 사남매에 내가 첫째라 여러모로 힘들어."

토리고에가 장녀였구나. 왠지 외동일 것 같았는데.

밑으로 세 명. 남동생 둘에 여동생 하나. 부모님이 맞벌이를 하느라 집에 늦게 오시기 때문에 집안일을 거의 도맡아서 하는 모양이었다.

"……가정적이네."

"별로 말하고 싶지는 않았는데, 이제 괜찮을까 해서."

"말하고 싶지 않았어?"

"응. 내 캐릭터를 생각했을 때 가난해 보이는 이미지가 더해지면 보기에 따라선 불쌍한 애가 될 것 같았거든."

얌전하고 동생들을 위해 집안일을 한다……는 부분인가?

"여자애들끼리는 어떨지 모르겠지만, 남자가 보기에는 좋게 평가할 것 같아."

마나가 갸루면서도 집안일을 잘하는 것처럼.

"정말로?"

"응."

"남자들 말고 타카모리 군은 어떻게 생각했는데?"

"뜻밖의 갭? 좋은 의미로."

"그렇다면 다행이네."

산물을 산다고 해도 나는 줄 사람이 어머니와 마나 정도밖에 없었기에 시간이 오래 걸리지는 않았다.

뭔가 시 온 토리고에가 돌아왔다.

"저기……, 이거."

손바닥 위에 올려놓을 수 있을 정도 크기의 종이봉투를 받았다.

"아, 마나 선물이구나."

"그게 아니라……, 타카모리 군에게 주는 거."

"어? 나한테?"

"똑같은 거, 나도, 샀으니까. ……그러니까, 안 달고 다녀도 되니까, 가지고 있었으면, 해서."

더듬더듬 말하던 토리고에가 '이, 이런 거'라며 자기가 산 것을 보여주었다.

열쇠에 걸고 다니면 괜찮을 법한 열쇠고리였다.

"고마워. 잘 쓸게."

"응."

이렇게 되었으니 나도 뭔가 사줘야지. 그렇게 생각하고 있자니 눈치챈 토리고에가 당황하며 말했다.

"어어어어, 억지로 내 선물 같은 건 안 사줘도 되니까. 내가 멋대로 사준 거니까."

그래? 나는 그렇게 말하며 고개를 갸웃거렸다. 그래도 받기만 하는 것도 좀 그랬기에 뭐가 좋을지 물어봤다.

"그렇게 답례를 하고 싶으면, 주스, 사줘."

"그런 걸로 되겠어?"

"나는 그걸로도 충분해."

토리고에는 그렇게 말하며 살며시 미소를 지었다.

석연치 않기는 했지만, 나는 자판기에 동전을 넣고 마음에 드는 주스를 고르라고 했다.

토리고에는 내가 사준 주스를 소중히 가방에 넣었다.

"후시미랑 히메지하고 떨어져 버렸네."

"그러게."

토리고에와 선물을 구경하고 다니자는 약속도 했기에 그 두 사람을 찾으려 하지는 않았다.

히메지도 은근히 듬직하니 내버려 두어도 괜찮을 것이다.

우리는 마나에게 줄 선물을 고르며 시장을 돌아다녔다.

토리고에는 들뜨지도 않고, 이상하게 어둡지도 않고, 평소 모습이었다.

이야깃거리를 일부러 찾을 필요도 없어서 껄끄럽지 않았기에 나는 꽤 편했다.

와카가 있던 곳을 힐끔 보니 데구치는 아직 와카 근처에서 뭔가 이야기하고 있었다.

"원래 연상을 동경하고 그러는 법인가?"

나와 마찬가지로 보고 있던 토리고에가 물었다.

"글쎄. 나는 딱히 그러진 않는데."

또래 여자애에게는 없는 매력이 있긴 하겠지만, 나는 그걸 추구하고 싶어질 정도로 또래 여자애에게 매력을 못 느끼게 된 것도 아니고, 깊은 사이가 된 적도 없다.

"그렇구나. 남자들은 기본적으로 마더콤이잖아. 그래서 그런 모성 같은 걸 드러내는 사람이 있으면 모기향에 몰려드는 모기처럼 다가갈 줄 알았어."

"예시에서 악의가 느껴지는데요, 토리고에 양."

"그래?"

그 모기향에 몰려든 모기, 데구치는 와카와 즐겁게 이야기를 하고 있다. 와카도 맡은 역할이 한가했는지 괜찮은 말 상대 정도로는 생각하고 있는 것 같다.

"타카모리 군도 여동생 같은 애를 좋아하나 싶어서."

남자는 마더콤이라고 해놓고 왜 여동생 같은 애를 좋아한다는 건가 싶었는데, 생각해보니 마나는 모성이 넘친다. 어머니처럼 엄하고, 열심히 돌봐주기도 하고, 해주는 밥도 맛있다.

응? 나 시스콤인가?

"어느 정도 시스콤인 부분도 있겠지만, 연애 대상하고는 별개지."

혼잡한 시장을 돌아다니다가 아무도 없는 취식 공간이 보였기에 그곳에 앉았다.

"……타카모리 군의 연애 대상은 어디서부터 어디까지야?"

또 까다로운 이야기를 꺼내네.

그런 건 제대로 생각해본 적이 없는데.

"그러게……, 마나를 포함해서 가족이나 친척은 제외되겠지. 나이 차이가 많이 나도 그렇고. 플러스마이너스……, 두세 살 정도면 세이프."

"일반적인 대답이네."

"그렇지?"

토리고에는 내가 사준 주스를 홀짝거리며 마시기 시작했다.

시간은 아직 여유로우니 한동안 느긋하게 지내기로 했다.

## ⑬ 친구와 죄책감

◆후시미 히나◆

"저기 있네요."

아이가 손가락으로 가리킨 곳에 료와 시이가 앉아 있었다.

아이와 다투고 있다가 두 사람을 놓쳐버렸는데, 겨우 찾았다.

"합류하죠."

성큼성큼 다가가는 아이의 팔을 잡아당겼다.

"있지, 아이, 선물 안 살래?"

"합류하고 나서 사도 되잖아요?"

의아하다는 듯이 고개를 갸웃거리는 아이에게 나는 두 사람이 있는 곳 반대쪽을 손가락으로 가리켰다.

"저쪽에 밥이랑 잘 어울릴 것 같은 조림이————."

"어딜 갈 생각인데요."

잠깐 걸어가자 아이가 팔을 뿌리쳤다.

"그러니까 선물."

"……."

아이가 나를 관찰하듯 빤히 바라보았다.

"단둘이 있으니 방해하고 싶지 않다는 건가요?"

"그런 건 아닌데."

그랬다.

말로는 부정했지만, 완전히 정곡을 찔렸다.

"……아, 그래요. 시즈카 양하고 료를 응원한다는 건가요?"

"그런 것도 아닌 것……, 같은데."

"결론이 뭔데요."

아이의 말은 매우 당연했고, 전혀 복잡하지 않은 데다 솔직했다.

아이는 직접 말하진 않지만 료 군을 좋아하고, 그래서 관심을 끌려고 하거나 거리를 더욱 좁혀서 사이좋게 지내려 하고 있다.

"양보할 생각은 없지만, 방해하고 싶지도 않다……, 그런 느낌."

나도 모르게 진심이 새어 나왔다.

사이가 좋은 친구고, 이런 것에 대해 어떻게 생각하는지는 모르겠지만, 무슨 일이 있더라도, 결과적으로 어떻게 되더라도, 나는 시이와 지금까지처럼 친구로 지내고 싶다.

그렇기에 치사한 짓을 했다는 껄끄러운 마음이 죄책감으로 변해 나를 괴롭힌 것이다.

똑 부러지지 못하는 료 군의 의식을 나로 채우기 위해 억지로 키스를 해버렸다.

시노하라 양하고 사귀었다는 이야기를 듣고, 마음속 어딘가에 초조함이 있었던 건지도 모르겠다.

나는 좋아하는 사람에게 반쯤 억지로 키스를 했다.

당한 것도 아니고, 그런 분위기였던 것도 아니었다.

곤란하게도 내가 좋아하는 사람은 시이가 좋아하는 사람이기도 하다.

"착한 애인 척하다가 마지막에 울게 되더라도 히나는 후회하지 않을 건가요?"

"그런 게 아니라고 했잖아. 공평하게, 원한이 남지 않게끔 하고 싶어."

그런 공평함을 내가 먼저 한 번 깨버린 것 같은 느낌이었다. 사실은 같은 조를 짜도 괜찮은지조차도 망설였다. 어젯밤에는 폭주해버렸지만…….

오늘 일은 못 본 걸로 하고, 다시 내일부터 공평하다고 말할 수 있게끔 하고 싶다.

"공평하게요? 무슨 어린애 같은 소릴."

아이는 어이가 없다는 듯이 눈살을 찌푸렸다.

"그런 게 가능할 리가 없잖아요. 무슨 소릴 하는 거죠? 뺏으면 원한을 산다. 뺏기면 내가 괴롭다. 그게 전부예요."

아이는 시이와 종류가 다른 정론을 내세웠다.

"시즈카 양에게 미움을 사는 게 무서운가요?"

끝까지 말하진 않았지만 무슨 말을 하고 싶은 건지는 알겠다.

나는 험담 같은 것도 자주 듣고, 대놓고 내 이야기를 하는 걸 듣는 일도 많다.

별것 아니다.

자주 있는 일이고, 나뿐만이 아니라 다른 누군가의 이야기를 하는 걸 듣는 경우도 있다.

학교란 그런 곳이다.

그 사실을 이해한 뒤로는 누가 무슨 말을 하더라도 신경 쓰이지 않았다.

하지만 시이는 그렇지 않았다.

나 자신을 있는 그대로 보여줄 수 있고, 다른 사람들에게 해본 적이 없는 취미 이야기를 할 수 있고, 다른 누군가와는 비교도 안 될 정도로 내 마음속에서 커다란 존재가 되었다.

그야말로 료 군과 비슷할 정도로.

"나는 아이처럼 강하지 않으니까, 만약 내가 울게 되더라도——, 료 군이 나 말고 다른 누군가를 좋아하게 되더라도, 그걸 응원해 주고 싶어."

"위선이네요. 당연히 자기를 선택해줬으면 하는 거 아닌가요?"

그야 그렇긴 하지만…….

그런 말을 딱 잘라 해버리는 아이는 역시나 솔직했다.

더 이상 계속 이야기를 하다가는 또 싸우게 될 것 같다.

"아무튼, 한동안은 내버려 두자."

"히나 말에 제가 따를 이유는 없지만……. 알겠어요, 이번만큼 은 따르도록 하죠."

불만이라는 듯이 머리카락을 손가락 끝으로 훑는 아이. 행동이 매우 멋지다.

누구에게 선물을 살까, 어떤 선물을 살까, 화제를 바꾸며 시장 안을 걸었다.

"열쇠 케이스……? 그거 괜찮겠네."

물건을 들고 계산대로 가져가려 하는 아이에게 말했다.

하지만 누군가에게 주기에는 귀여움이 좀 부족하다.

"료에게 줄 거예요."

"으_으음?"

"상관없잖아요. 받아서 걸리적거릴 만한 것도 아닌데."

아이는 빈틈이 없구나. 나도 료 군에게 줄 걸 뭔가 사야지.

그리고 자기가 산 게 걸리적거리지 않을 거라는 자신감은 어디서 솟아나는 걸까.

료 군이 열쇠 케이스 따위 쓰지 않는다는 걸 알고 사는 거겠지만.

"뭘로 할까~."

그렇게 진열된 상품을 이것저것 보고 있는데 누군가가 말을 걸었다.

"실례합니다, 역까지 어떻게 가면 될지 좀 가르쳐주셨으면 하는데요."

미안하다는 듯한 표정을 짓고 있는 스무 살 정도의 오빠였다.

"네? 저기, 휴대폰으로 알아보시면 될 것 같은데요."

"지금은 배터리가 다 떨어져서요."

그렇구나. 그럼 어쩔 수 없겠구나. 이 사람도 관광객인가?

"수학여행? 호오, 그렇구나~."

적당히 이야기를 하면서 나는 휴대폰을 보여주고 역까지 가는 길을 가르쳐 주었다.

"으음, 이해가 잘 안 되는데……. 미안한데 같이 좀 가줄 수 있을까?"

곤란하다는 듯이 웃는 오빠.

"아……, 그럼 중간까지만."

시장을 빠져나와 큰길로 나왔다.

그때, 뒤에서 누군가가 어깨를 세게 붙잡았다.

깜짝 놀라 돌아보니 료 군이 있었다.

"료 군? 왜 그래?"

"그 사람 누구야?"

료 군이 내 어깨 너머로 힐끔 시선을 보냈다.

"역까지 어떻게 가는지 모르는 모양이라 안내해주고———."

"이———, 이제 괜찮아, 고마워!"

그 오빠는 그렇게 말하고 재빨리 떠나갔다.

에휴우우, 료 군은 한숨을 크게 쉬었다.

"너 말이야…….."

료 군이 내 양쪽 어깨에 손을 올리고는 다시 크게 한숨을 쉬었다.

"왜 그래?"

"왜 그러긴."

어깨에 닿은 료 군의 손은 따스하면서도 약간 떨리고 있었다.

"모르는 사람은 따라가지 말라고 배우지 않았어?"

"따라간다기보단, 길 안내였는데?"

"척 보기에도 이상하잖아. 아까 그 형씨는 휴대폰도 없대?"

"배터리가 떨어졌대."

"왜 다른 사람들이 잔뜩 있는데, 아무리 생각해도 이곳 사람이 아니라 수학여행을 온 것 같은 학생에게 길 안내를 부탁했을까?"

……듣고 보니 그렇구나.

"친절한 마음을 이용해서 나쁜 짓이라도 할 생각이었던 거라고,

그 자식."

료 군은 그 오빠가 떠나간 쪽으로 눈을 흘기고는 어디가 어떻게 이상한지 가르쳐 주었다.

역에 가고 싶다면 택시를 타라든가. 돈이 없다면 운전 기사에게 물어보라든가. 역으로 가는 버스도 있다든가.

그냥 넘어가기만 한 나 자신이 부끄러워졌다.

"아무 일도 없어서 다행이야. 하, 한패라도 나타나면 어쩌지 싶어서 좀 겁먹었는데……. 가자."

료 군이 그렇게 말하며 다시 시장 쪽으로 돌아가려 했다.

"있지, 이유가 뭐야?"

"뭐가."

"시이하고 같이 있었잖아."

"아……, 마침 화장실을 찾다가 보여서."

히메지는 어디 간 거야, 료 군은 그렇게 불평하듯이 한숨을 쉬었다.

"혹시 나, 경솔했어?"

"혹시는 무슨. 경솔 오브 더 이어 수상이야."

"수상했구나아~."

───어쩌지. ……기쁘다…….

"걱정 끼쳐서 미안해."

"그런 건 됐어. ……나는 그저 그때 '뭐, 괜찮겠지'라고 보낸 뒤에 후회하는 게 싫었을 뿐이야."

나중에 후회하는 게 싫었을 뿐이다───.

"뭐라고 해야 하나."

료 군은 이쪽을 보지 않고 머리를 긁었다.

"나는 나 자신을 별로 좋아하지 않아. 약간 싫기까지 하지. 그래도 여기서 더 싫어지고 싶지는 않거든."

나를 위해서가 아니라, 어디까지나 자신을 위해서라고 료 군은 말했다.

하지만 그건 쑥스러움을 감추기 위한 억지 논리라는 걸 금방 알아버렸다.

그리고 내겐 이유 같은 건 뭐든 상관 없었다.

"후시미는 성실하고 능력이 좋지만 이상하게 얼빠진 구석도 있으니까."

에헤헤, 얼굴이 실룩거려 버린다.

"잘 아시네."

"히메지는 어디 간 거지? 뿔뿔이 흩어지지 말라고, 정말."

"료 군."

"응~?"

먼저 가려던 료 군의 손을 잡고 멈춰 세웠다.

맥이 뛰는 소리가 귓가에 들리기 시작했다. 그 소리가 점점 커졌다.

숨을 들이마셨다가 내쉬고, 다시 반복하고, 아이처럼 솔직하게 말했다.

"……료, 료 군이, 자신을 좋아하지 않더라도, 약간 싫어하더라도……, 나는, 좋아해. 그런 료 군을."

얼굴이 뜨겁다. 무릎도 약간 떨리기 시작했다.

료 군과의 추억이 주마등처럼 흘러가서, 내가 죽는 건가 하는 생각도 늘었다.

괜, 괜히 말을 흐리거나 미묘한 반응을 보일 바에는 차라리 차 줬으면———.

"응. 고마워."

어라? 뭔가 생각했던 거랑 다른데.

아마, 직접 대놓고 말한 건 이번이 처음.

응……, 그런데 멍하니 있는 걸 보면 그런 쪽의 '좋아해'라는 걸 이해하지 못한 것 같아.

이야기의 흐름이 그런 쪽 같지 않아서 그래……?

"가자고."

그럴 수 있지……. 태도가 너무 평소랑 똑같으니까.

료 군은 아마 자신을 비하하니까 내가 위로해준 거라고 생각하는 것 같아.

이———, 이런, 눈이 뒤집어질 것 같아.

"이, 이봐? 후시미?! 눈꺼풀이 경련하고 있는데, 괜찮아?!"

괜찮지 않아!

나는 심장이 입 밖으로 튀어나올 것 같았고, 부들부들 떨리기도 했고, 주마등까지 보여서 죽는 줄 알았는데!

"진짜! 진짜아!"

찰싹찰싹, 료 군을 때렸다.

"뭐야, 뭐냐고, 때리지 마."

"전부 료 군 잘못이야!"

"겸손 오브 더 이어에게 그런 말을 듣고 싶진 않은데."

"진짜아아아아~~!"

이렇게 된 이상, 의미를 이해하고 내 마음을 눈치챌 때까지 몇 번이든 말해주자. 제대로 전형적인 고백이라는 느낌이 드는 상황을 만들어서.

눈치채지 못할 정도로 살짝, 료 군의 옷소매를 잡았다.

……정말, 둔감하다니까.

## ⑭  이벤트 중에는 자주 일어날 법한 이벤트

후시미를 데리고 원래 있던 시장으로 돌아오자 히메지와 토리고에가 우리를 기다리고 있었다.

"슬슬 시간이 됐으니까 돌아가자."

후시미가 그렇게 말하자 히메지가 물었다.

"히나, 어디 갔던 건가요? 잠깐 한눈판 사이에 없어져서———."

계속 말하려던 히메지를 토리고에가 가로막았다.

"흐읍!"

그녀는 따악, 후시미의 머리에 촙을 날렸다.

"아얏?! 왜애?!"

"이상한 남자를 따라갔으니까."

"아……, 아하하……, 봤구나."

후시미는 껄끄럽다는 듯이 쓴웃음을 지었다.

"타카모리 군이 눈치채서 급하게 쫓아갔는데……, 아무 일도 없었던 것 같으니까 다행이긴 하지만."

토리고에가 나를 힐끔 보았다.

"걱정했어."

"미안해, 시이."

후시미가 토리고에를 꼬옥 끌어안고 착하다 착해, 하며 등을 쓸어주었다.

"처음 봤을 때는 상황이 이해가 안 됐어. 그런데 혹시 이상한 남자가 아닐까 하는 생각이 드니까 겁이 났어. 선생님을 부르려 했는데 타카모리 군이 곧바로 쫓아갔고……."

토리고에가 전부 설명해버렸다.

"료 군, 화장실에 가려던 게 아니었구나?"

"아까 그 큰길 건너편에 있었다고."

아마도.

"고마워, 료 군."

마주 보고 인사를 받는 게 쑥스러워서 고개를 돌린 나는 '그래' 라고 적당히 대답했다.

"흐음."

히메지가 입가를 느슨하게 한 채 나를 들여다보았다.

"제가 모르는 사이에 그런 일이 있었나요?"

"히메지가 후시미를 안 보고 한눈을 팔아서."

"왜 저 때문인데요."

농담이야, 농담. 나는 그렇게 말하고 웃으며 어깨를 으쓱였다.

"어차피 부들부들 떨기나 했겠죠."

어떻게 안 거야.

"뭐 어때요? 용기를 쥐어 짜낸 거잖아요."

싸움에 익숙하지 않은 약골 느낌이 엄청 드니까 그런 말은 안 했으면 좋겠다.

맞는 말이라 어쩔 수 없긴 하지만.

"소꿉친구에게 왕자나 기사 역할을 원하진 않으니까요. 저도 그렇고, 물론 히나도요."

히메지는 그러니까 충분해요, 라고 말했다.

"데구치 씨하고 합류해서 숙소로 돌아가죠. 딱 좋은 시간일 것 같네요."

와카랑 무슨 얘기 했어? 라고 숙소로 돌아오는 버스 안에서 옆에 앉은 데구치에게 물어보았다.

"뭐, 흔해 빠진 잡담? 난 어른 여자하고도 어느 정도 해나갈 수 있다는 걸 알았어."

왠지 모르겠지만 자신만만한 태도였다. 하지만 중간에 남자 교사가 와서 쫓겨나게 되었다고 한다.

"시장은 구경 안 하냐~? 라던데, 와카를 노리고 있는 냄새가 풀풀 나길래 오기를 부리면서 거기 눌러앉았지."

맞서 싸우지 말라고.

"나, 와카를 좋아하는 건지도 모르겠어."

"오오, 단순하네……."

"이야기를 하면서 즐거웠고, 와카도 그리 싫지만은 않은 눈치였고."

그렇구나. 데구치의 좋아하는 마음 기준은 그런 거구나.

"고백하면 성공할 수 있으려나."

"없겠지."

마나 왈, 순정만화에는 드물지 않은 경우인 모양이니 현실에서도 그런 관계가 될 가능성이 몇 퍼센트 정도는 있을지도 모른다.

"역시 안 되려나~."

내 의견을 듣고도 풀 죽지 않은 데구치가 책자를 팔랑팔랑 넘겼다.

"와카는 언제 목욕하려나."

"또 쓸데없는 생각을……."

"목욕하고 나온 와카랑 이야기를 좀 하고 싶은 것뿐이니까."

순정남이냐.

"타카양, 소문에 따르면 아무래도 고백한 녀석이 있는 것 같아."

"굳이 수학여행 중에 할 필요는 없잖아."

"수학여행이니까 그렇지. 뭐라고 해야 하나, 타이밍? 계기? 다들 그런 게 필요한 거야."

밸런타인데이 때는 그런 경우가 많을 테니 결심을 하려면 지금이 딱 좋다는 건가?

그렇구나, 나는 생각을 다시 해보게 되었다.


숙소에 도착해서 오후 6시가 될 때까지 기다렸다가 식당에서 저녁 식사를 했다. 그러던 와중에 선생님이 어제 여자애들 방 이동 미수 사건이 있었다는 사실을 말하며 주의를 주었다.

"여자애들 방에 가지 말라고 했으니까 선생님 방에는 가도 되겠지?"

데구치, 만화 캐릭터 같은 짓은 하지 마. 어제 혼났으니까 정신 차리라고.

저녁 식사를 마치고 각자 방으로 돌아가 자유시간을 보내게 되었다.

오늘 있었던 일들을 같은 방 멤버들이 이야기하기 시작했다. 내게 '반장님은 어땠어?'라는 질문이 들어왔기에 데구치와 이야기했던 것들을 보충하는 느낌으로 말해주었다.

TV 소리를 배경음악 삼아 트럼프를 하고 있자니 좋아하는 아이돌이 나왔고, 한 명이 '그러고 보니까' 하며 이야기를 꺼냈다.

"……히메지마 양 말인데, 그거 사실이야?"

아무리 봐도 내게 하는 말이었기에 고개를 저었다.

"글쎄. 들어본 적 없는데."

"만약 사실이면 이해가 된다고 해야 하나."

몰랐던 같은 방 멤버가 무슨 이야기인지 물어보기 시작했고, 소문에 대해 알고 있던 다른 녀석이 말해주었다.

"아, 혹시, 이거……?"

인터넷으로 검색해보니 금방 나온 모양이었다. 그가 보여준 화면에는 그룹 게시판과 그룹 멤버인 '아이카'의 게시판이 떠 있었다.

이런 게 진짜로 있구나.

들어가 보려 한 적이 없어서 검색해보지도 않았다.

"건강 악화로 활동 중지, 그리고 탈퇴. 아이돌 활동 자체도 중지……, 거의 대부분이 은퇴일 거라고 올렸네."

"역시……, 그런 짓도 했으려나? 자주 있는 일이잖아."

나머지가 모두 입을 다물었다.

아마 똑같은 망상을 했겠지.

"그런 건 도시전설 같은 거잖아."

아무도 말을 하지 않았기에 내가 제일 먼저 부정했다.

"뭐, 그렇지~."

누군가가 애매하게 대답했다.

히메지 이야기는 그걸로 끝. 이번에는 다른 소꿉친구 이야기가 나왔다.

"식당에서 나갈 때 후시미 양이 A반 녀석이랑 뭔가 이야기하고 있던데, 그거 설마 그건가?"

"그거라니, 그게 뭔데."

"불러내는 거."

찰싹찰싹, 데구치가 내 어깨를 때렸다.

"봐~, 타카야, 내가 말했지? 수학여행 중에는 이런다니까. 이벤트가 잔뜩 있다고."

"이야기한 것뿐이면 불러냈는지 아닌지 모르잖아."

그것도 그렇긴 하지, 라고 이야기가 끝나갈 때쯤, 한 명이 창밖을 보고는 말했다.

"앗. 저기, 저기, 저거, 그거 아냐?"

매우 시끄럽게 떠들었기에 모두가 창문에 달라붙게 되었다.

"어디." "봐, 저기 말이야, 저기." "아, 있네." "A반 녀석?" "그리고 후시미 양?" "그런 것 같은데."

후시미가 누군가에게 고백 받(을지도 모르)는 상황은 그렇게 드문 경우가 아니다.

"타카야, 다녀와."

"어? 왜? 방해되잖아."

"방해해도 된다고."

"어? 뭐?"

"만약에 사귀면 어쩔 건데!"

"내가 방해해봤자 결과에는 영향이 없는데."

"지금 냉정한 태클 같은 건 필요 없다고. 우리의 후시미 양이……! 언제나 차별하지 않고 미소를 보여주는데! 남자친구가 생기면 엄청 풀 죽잖아!"

"내 알 바냐!"

"타카양, 고~!"

내가 프리스비로 노는 개냐.

데구치뿐만 아니라 다른 멤버들까지 재촉했기에 나는 방에서 나왔다.

고백이 아닐 가능성도 있으니 아무튼 이야기가 들리는 곳까지만 갈 생각이었다.

고백이 아니었을 때는 보고를 들은 같은 방 멤버들이 실망하면서 '그게 뭐야~'라고 불평하는 것까지가 약속된 패턴일 것이다.

……하지만 다른 사람들이 걱정하는 그대로라면———.

차박차박 울리는 실내용 슬리퍼 소리가 조금 빨라졌다.


그곳은 여관을 나서서 뒤쪽에 있는 주차장이었다.

서른 대 정도를 주차할 수 있는 넓은 공간에 두 남녀가 있는 것이 멀찍이 보였다.

실내용 학교 지정 트레이닝복을 입은 후시미와 다른 반 남자애.

그냥 이야기가 하고 싶다고 이런 곳까지 오진 않겠지…….

우리가 생각하던 게 아니었다는 보고를 같은 방 멤버들에게 할 줄 알았는데, 그러진 못할 것 같다.

달빛이 내리쬐는 와중에 인기척이 없는 주차장은 조용해서 목소리가 잘 들렸다. 하지만 무슨 말을 하는 건지 확실하게 알아들을 수는 없었다.

나는 세워져 있던 차 그늘에 숨으며 조금씩 다가갔다.

방해하라고 해도 그럴 수 없는 분위기라는 걸 목소리를 통해 느낄 수 있었다.

"작년 학교 축제 때, 같은 조로 카페 준비 같은 걸 이것저것 했었잖아."

"응."

후시미도 완전히 알고 있는 분위기였다. 초조해하지 않으며 그냥 상대방이 말할 때까지 기다리고 있었다.

"그때부터 좋아하게……, 됐어. 되었어요."

더듬거리기도 하고 말을 다시 하기도 하는 그 모습에서 긴장감이 전해졌다.

"사귀어, 주, 세요."

이런 일이 있었다는 이야기를 나중에 들은 적은 있었지만, 실시간으로 들은 건 이번이 처음이었다.

잠시 후, 후시미가 대답했다.

"고마워. 마음은 기쁘지만, 미안해."

한숨 소리가 들렸다.

역시 그렇겠지라는 뉘앙스가 꽤 많이 담겨 있는 것 같았다.

어떤 녀석인지 얼굴을 살피며 내밀고 확인해보니 농구부인가 다른 운동부인가에 소속된 작년 같은 반 친구였다. 시원스럽고, 훈남이라고 해도 될 정도로 괜찮은 외모다.

후시미는 항상 거절한다. 지금까지 계속 그랬으니 이번에도 그럴 거라 생각했다.

하지만 나는 그 이유를 들은 적이 없다.

"말해줄 수 있을까? 왜 안 되는지."

"돌아봐 주기를 기다리는 사람이 있으니까."

"좋아하는 사람이라는 뜻이야?"

"응. 맞아."

"남자보다 여자를 더 좋아하는 것도 아니고?"

"응. 내가 좋아하는 사람은 남자야."

나는 타이어를 등지고 주저앉았다.

역시 사후 보고와 실시간은 같은 결과라도 전혀 다르다.

쓸데없이 긴장하기도 했고, 안심하기도 했다.

"……."

후시미가 누군가와 사귄다면 지금까지의 관계에도 변화가 생길 테고, 같이 등하교를 하지도 않게 될 것이다.

안심한 걸 보면 아마 나는 그 변화가 싫었던 것 같다.

고등학교 2학년이 되고, 후시미와 예전 같은 관계로 돌아오고, 나는 그걸 꽤 마음에 들어 하고 있었다. 그러지 않았다면 그런 식으로 날마다 같이 등하교를 하지도 않았을 것이다.

얼마 전에 마나가 이런 말을 했다.

'요즘 오빠야가 즐거워 보여.'

자각하지 못했을 뿐, 마음속 어딘가로는 느끼고 있었을 것이다.

만약 후시미가 누군가와 사귀기로 결심하면 나는 내 즐거움보다 후시미의 마음을 떠밀어주거나, 도와주거나, 응원해주는 것을 우선시할 거다. ……아마 그럴 것이다.

저벅, 저벅, 한 사람의 발소리가 멀어져갔다. 둘이서 같이 여관으로 돌아가긴 껄끄럽겠지.

후시미가 갈 때까지 잠깐 기다려야겠다.

"……."

시선을 느끼고 그쪽을 보니 후시미가 이쪽을 들여다보고 있었다.

"으엇."

"료 군……."

그녀는 어이없다는 표정으로 한숨을 쉬었다.

"이런 건 매너 위반이거든?"

"아니, 이건……."

어째서 들킨 거야.

"몰래 이쪽으로 다가오는 게 보였으니까."

정말 어쩔 수 없다니까. 후시미는 그렇게 말하며 아랫입술을 내밀었다.

"우리 방 멤버들이……."

아니, 변명이지. 내버려 둘 수도 있었다. 가라고 하는 데구치를 달래면서 트럼프를 다시 시작할 수도 있었다.

"둘이서 밖에 있는 걸 보고 어쩌려나 신경 쓰여서."

"지금까지 거절해놓고 이제 와서 어떤 남자애랑 사귀겠습니다~, 이예이~! 할 수는 없어."

"그런 거 나는 잘 모르니까."

그녀는 몸을 숙인 채 타박타박 다가와서는 내 옆에 앉았다.

"옷 더러워질 텐데."

"털어내면 오케이니까 괜찮아."

신경 쓰지 않는다면 상관없겠지.

"왜 여기까지 온 거야?"

"무슨 이야기를 하는 건지 신경 쓰였다고 했잖아."

"감상은?"

"감상……, 고백 현장 같은 건 처음 봐서 나도 긴장했지."

"그런 거 말고."

몸을 웅크리고 앉은 후시미는 고개를 갸웃거리며 내 어깨에 머리를 기댔다.

"료 군의 소꿉친구인 히나가 다른 남자애에게 사랑 고백을 받았습니다. 그때 료 군은 무슨 생각을 했나요?"

"사귀게 되면 응원하자는 생각."

쫘악, 옆구리를 꼬집혔다.

"아얏."

"응원해주지 않아도 되거든요?"

그녀는 볼을 부풀리고는 살며시 거리를 두었다.

"둔감 아카데미상 수상이야, 료 군은."

어쩔 수 없잖아.

그렇게 생각한 건 사실이니까.

그리고 보니 토리고에가 내게 고백해줬을 때는 후시미도 훔쳐 듣고 있었던가?

"나는, 만약에 료 군이 다른 누군가에게 고백을 받는다면, 저 엉~~~~~~~~~~말로 싫을 거야."

그때를 떠올렸는지 후시미가 복잡한 표정으로 눈살을 찌푸렸다.

"저는, 질투해버릴 거예요."

"해버리는 건가요?"

"그래요."

히메지와 토리고에를 제외하면 후시미는 내가 학교생활을 하면서 거리낌 없이 말을 걸 수 있는 몇 안 되는 상대다.

그런 의미에서는 다른 누군가에게 '대놓고 사이좋게 지내도 되는 권리'를 빼앗기고 싶지 않고, 질투하는 마음도 있다.

"이해가 전혀 안 되는 건 아니야."

"정말? 그럼, 그럼, 더, 더 많이 싫어했으면 좋겠어."

이 녀석은 눈을 반짝이면서 대체 무슨 소릴 하는 거야?

"천천히 해도 돼, 료 군은. 나는 도망치지 않을 거고, 기다릴 거고, 만약 다시 거리가 멀어져 버린다 해도 반드시 돌아올 거니까. 그러니까 료 군은 천천히 해도 돼."

무슨 말을 하는 건지 나는 절반도 이해 못 했지만, 그걸 듣고 구원받은 느낌이 들었다.

교실이나 학교에서는 꼭 누군가를 좋아해야만 하는 것 같고,

그게 시민권이라는 느낌조차 드니까.

"남자들 목욕할 시간이야. 료 군, 가야지."

"그러게."

"나도 갈까."

내가 일어서자 후시미도 일어나 기지개를 켰다.

"어젯밤에 먹은 거, 주스였다면서?"

"……."

입을 V자로 다문 후시미는 끼이이익, 삐걱대는 소리를 내며 고개를 돌렸다. 땀을 뻘뻘 흘리고 있다는 걸 표정을 보지 않아도 알 수 있었다.

"주, 주스 같은 게 주스 아니야……? 거짓말한 건 아니잖아."

"그렇긴 한데, 꽤 대담한 짓을 했구나 싶어서."

"이, 잊어줘~!"

후다닥, 후시미는 빠른 걸음으로 현관을 향해 걸어가기 시작했다.

"진짜인 줄 알고 속았네. 여배우가 되셨어, 후시미 씨."

그녀는 돌아본 뒤 살짝 으스대는 표정을 짓고는 도망치듯이 주차장에서 떠나갔다.


방으로 돌아온 나를 기다리고 있던 것은 질문의 폭풍이었다.

무슨 이야기를 했냐부터 시작해서 결과는 어떻게 되었는지까지. 다들 창문을 통해 주시하고 있었던 모양이다.

다른 사람들에게 떠들고 다닐 만한 내용은 아닐 거라 생각한 나는 확실하게 말하지 않고 얼버무렸다.

다들 남의 그런 이야기에는 흥미가 꽤 있는 모양이었다.

나는 여자애들만 그런 줄 알았는데, 남자도 마찬가지인 듯하다.

내가 별로 흥미가 없다고 해서 남자 모두가 그렇지는 않다는 걸 새삼 알게 되었다.

반대로 말하자면 내가 매우 이상하다는 뜻이기도 하다.

그것도 그것대로 왠지 납득이 안 된다.

후시미를 포함한 여자애들이 방에 오는 걸 기다리고 있었지만, 저녁 식사 때 못을 박힌 게 효과가 있었는지 오지 않기로 했다는 연락이 왔다.

그 이야기를 해주니 방을 청소하고 있던 멤버들은 다들 생기가 빠져나갔다.

어지간히 기대하고 있었던 모양이다.

오늘 밤은 얌전히 소등 시간에 자기로 하고, 잠자리에 들었다.

다른 사람이 깨지 않게끔 이불 속에서 시노하라에게 메시지를 보냈다.

내가 특이하다는 걸 인정하고 싶지 않아서, 조금은 부정해주지 않을까 하는 생각을 하고 있자니 10초 정도 만에 답장이 왔다.

『나 이상한가?』

『이상하지, 엄청.』

전혀 부정하질 않네.

『보통 흥미가 있는 법이잖아. 누군가를 좋아하거나, 누군가가 나를 좋아하거나. 사랑에 빠지거나, 누군가가 내게 사랑에 빠지거나.』

중2병을 앓던 시노하라에게 특이하다는 말을 듣는 것도 왠지 마음에 안 든다.

네세 그런 밀을 듣고 싶지 않다는 말을 집어삼킨 나는 메시지를 그만 보내기로 했다.

다음 날 아침. 수학여행 셋째 날.

딱히 뭔가를 하지도 않고, 대부분 버스로 이동만 하는 일정을 마친 뒤 오후 3시쯤에 학교로 돌아왔다.

교실로 돌아가지도 않고 바로 해산하자 짐을 챙긴 학생들이 집으로 돌아가기 시작했다.

우리 조는 아무도 돌아가지 않고 유턴해서 떠나가는 버스를 바라보았다.

그제야 데구치가 입을 열었다.

"왠지 집에 가는 게 아깝다 싶어서."

똑같은 생각을 한 건지 여자애 세 명도 천천히 고개를 끄덕였다.

데구치가 하려는 말은 나도 조금 이해됐다.

"그럼 앨범을 만들자. 다 같이 공유하는 걸로."

"그거 좋은데."

데구치가 후시미의 제안을 받아들였다.

학교 안이나 교실에서 하기는 껄끄러웠기에 다섯 명이서 함께 걸어 근처 공원으로 왔다.

저녁쯤 되면 초등학생이 오곤 하는 이 공원에는 아직 아무도 없었고, 우리는 정자 밑에 있는 테이블석에 앉았다.

"아~, 무거웠어……."

캐리어 말고도 커다란 가방을 들고 있던 후시미가 그제야 숨을 돌렸다.

토리고에나 히메지도 그렇고, 여자애들은 왜 그렇게 짐이 많은 거지?

나와 데구치는 가방 하나로 끝인데.

본론으로 바로 들어가지 않고 적당한 화제로 이야기를 하다가 후시미가 마침 생각났다는 듯이 휴대폰을 꺼냈다.

"그룹 채팅 앨범에 올릴 테니까 다들 괜찮은 사진이 있으면 올려줘."

생각보다 꽤 디지털한 앨범이긴 하지만, 이쪽이 간편해서 좋긴 하다.

"우후후. 이거."

"어? 뭐야?"

후시미가 휴대폰을 내밀자 토리고에가 그쪽을 들여다보았다. 그런 다음 쿡쿡대며 웃었다.

"표정 이상해."

"아니, 이건 자연스럽게 이렇게 된 거니까."

"나도 그런 사진 있어. 잠깐만 기다려 봐———. 이건 어때?"

"후후."

고양이들이 서로 장난치는 듯한 분위기가 느껴진다.

데구치는 그 모습을 자상한 눈초리로 지켜보고 있었다.

"타카양, 우리도 서로 보여주기 할까."

"나만 이상한 의미로 들리는 건가?"

"타카양, 야하구나."

"야하긴 무슨."

후시미와 토리고에처럼 우리도 휴대폰으로 찍은 사진을 서로 보여주었다.

"우와, 재미없어! 타카양, 풍경만 찍은 거야?"

"따, 딱히 상관없잖아. 풍경도……."

"여행의 추억을 제대로 담아야지~. 부끄러워하지 말고~."

데구치가 팔꿈치로 나를 쿡쿡 찔러댔다.

"부끄러워한 거 아니야."

다른 사람하고 찍은 사진은 후시미가 별도로 보내준 둘이서 찍은 셀카밖에 없고, 그건 아직 폴더에 다운로드하지 않았다. 다섯 명이서 찍은 사진도 마찬가지라 아직 내 휴대폰에는 데이터가 없다.

나와 데구치가 쓸데없는 이야기를 하고 있는데, 어느새 후시미와 토리고에가 장난을 그만두고 이쪽을 빤히 바라보고 있었다.

"아……, 신경 쓰지 말고 계속하세요. 계속."

내가 눈치채자 후시미가 재촉했다.

"남자들끼리 사이좋게 지내는 걸 보면 귀엽지."

"귀여워? 아니, 무슨……, 어떻게 생각해? 타카양."

왜 싫지만은 않다는 표정을 짓는 거야. 표정이 마구 늘어졌잖아. 남자에게 귀엽다는 말은 대체 뭘까? 칭찬인가?

"히메지는 어떤 걸 찍었어?"

"저는……, 딱히 대단한 걸 찍진 않아서요."

꺼내둔 휴대폰을 살며시 감추려 했기에 슬쩍 빼앗았다.

"꺄악, 잠깐만요, 멋대로 가져가지 마세요."

"뭘 씌었는지 신경 쓰여서."

마침 사진 폴더를 띄워두었던 모양이었다. 여관에서 나온 밥, 방 안에 있던 과자, 돌아오는 길에 휴게소에 있었던 선물 코너의 센베이나 만쥬 등등.

"전부 먹을 거잖아."

"뭐, 뭐든 딱히 상관없잖아요!"

얼굴이 빨개진 히메지에게 휴대폰을 다시 빼앗겼다.

그러고 보니 히메지는 엄청 먹었지. 여관에서 밥도 그랬고, 시장에서 군것질을 했을 때도 그랬고.

후시미와 토리고에가 사양하는 상황에서도 히메지는 남자인 나와 비슷하거나 그 이상을 먹었다.

"한창 클 때인가?"

"성희롱은 하지 말라고, 타카야."

"그건 내가 할 소리거든. 그런 의미로 한 말이 아닌데."

"제일 큰 건 히메지마 양이라고 했으면서~."

"너라고, 너. 그 말을 한 건 너야."

"어라? 그랬나?"

테이블 맞은편에 앉아 있던 여자애 세 명이 싸늘한 시선을 날리자 묵직한 침묵이 테이블 위에 펼쳐졌다.

완전히 데구치의 자폭에 휘말린 형태였다.

"……딱히 상관없어요. 사실이니까."

히메지가 아무렇지도 않다는 듯이 조용히 중얼거렸다.

꿀꺽······. 데구치가 진지한 표정으로 침을 삼켰다.

"내 눈이 잘못되진 않았다고, 타카양."

"이제 그 이야기는 그만하자."

즐거웠던 수학여행의 추억을 슬픈 사건으로 덮어쓰고 싶지는 않다.

분위기가 약간 험악해지긴 했지만, 사진을 고르기 시작하니 다시 원래 분위기로 돌아왔다.

히메지는 주로 음식. 나는 풍경이나 건물. 다른 세 사람은 주로 스냅사진을 찍었기에 균형 잡힌 앨범이 되어가고 있었다.

"어라? 타카양하고 찍은 투 샷 사진, 나 말고는 아무도 안 올렸는데, 뭐지?"

""""······.""""

어흠, 히메지가 말을 꺼냈다.

"이렇게 모두가 금방 볼 수 있는 공적인 장소에 올리기는 부적절할 것 같아서요."

"그, 그렇지? 그건 둘만 찍혔으니까 당사자들만 가지고 있으면 될 것 같아서."

후시미가 이어서 말하자 토리고에가 고개를 끄덕이며 맞장구로 원호 사격을 해주었다.

데구치가 지뢰를 밟은 것 같긴 하지만, 그래도 앨범이 완성되었다.

다 만든 앨범을 보니 그때 있었던 일이 금방 떠올라서 약간 즐거운 기분이 들었다.

목적을 달성했기에 공원을 나섰고, 그제야 집에 가게 되었다.

데구치와는 역으로 가는 도중에 헤어졌다. 그다음에는 토리고에가 우리와 헤어졌다.

한산한 전철을 타고 셋이 나란히 앉자 히메지가 슬쩍 작은 종이봉투를 꺼냈다.

"이거, 료에게 줄게요."

"이게 뭔데?"

그녀가 반쯤 억지로 떠넘긴 봉투 안에는 열쇠 케이스가 들어 있었다.

"나한테 주는 거야?"

"료에게, 라고 했잖아요. 선물이라고요, 선물."

토리고에도 선물을 주던데, 여자애들 사이에서 유행하는 건가?

"저도, 있지요."

에헤헤 웃은 후시미는 매우 마이너하고 전혀 귀엽지 않은 지역 마스코트 인형을 주었다.

으아……, 이거 어떻게 하지.

"둘 다 고마워."

"뭐, 료는 어차피 집 열쇠 정도만 가지고 다닐 테니 케이스가 별로 필요 없겠지만요."

"그렇긴 한데, 이게 있으면 잃어버리지 않을 거야."

"흐, 흐음……."

히메지는 싫지만은 않다는 듯이 머리카락을 만지작거리며 눈을 돌렸다.

"료 군, 이 인형, 써도 되거든?"

어디에 쓰는데.

후시미가 기뻐했기에 대놓고 곤란한 표정을 짓지 못한 나는 겨우 미소를 유지할 수 있었다.

## ⑯ 무난한 건 먹을 것

집에 도착할 때까지가 수학여행이다. 와카가 그런 말을 했는데, 무사히 귀가할 수 있었으니 내 수학여행은 끝났다고 해도 될 것이다.

가방에서 꺼낸 세탁물을 세탁기에 넣고 있자니 현관 쪽에서 '다녀왔습니다~'라는 마나의 목소리가 들렸다.

"어서 와~."

적당히 대답하면서 가방 정리를 하는데 마나가 바로 다가와 고개를 내밀었다.

"오빠야, 어땠어?"

"아~, 뭐, 응. 그럭저럭."

정리해보자면 그런 말로 표현할 수 있을 것이다.

"그럼 즐거웠구나."

"왜 그렇게 되는데."

"그런 말을 할 때는 항상 그랬으니까."

왠지 모르겠지만 기뻐하던 마나가 내 가방을 들여다보았다.

"이거, 뭐야⋯⋯."

마나는 아까 받았던 알 수 없는 캐릭터 인형을 집으며 어두운 표정을 지었다.

"지역 마스코트."

"오빠야, 이런 걸 사 올 거면———."

"아니, 내가 사 온 게 아니라, 받았어."

척 보기에도 비난할 기세였기에 누구에게 받았는지는 말하지 않았다.

"못생겼는데 귀엽다는 말이 있잖아?"

"응?"

"그건 말이지, 애교가 있어야만 되는 거거든. 그러니까 못생겼어도 용납되는 거지."

정확한 지적이 시작되었다.

받았다고 말한 시점에서 대충 준 사람을 예상한 건지 마나가 살짝 한숨을 쉬었다.

"이유가 뭘까……, 외모는 좋은데. 미적 센스라고 해야 하나, 감각이 독특하다고 해야 하나……."

마나는 이해가 안 돼, 하고 고개를 갸웃거렸다.

TV나 인터넷에서도 연예인의 사복 차림이 공개되곤 하는데, 이상한 사람은 없다. 그러나 후시미 같은 경우에는 잘 봐줘야 겨우 '독특'하다는 평가를 받을 수 있는 수준이었다.

"딱히 상관없잖아. 악의가 있는 것도 아니고."

마나가 집고 있던 인형을 빼앗아서 가방에 다시 넣었다. 두리번거리던 마나가 또 무언가를 발견했다.

"열쇠고리랑 열쇠 케이스다. 그쪽에서 샀구나?"

나한테 없던 물건이라는 걸 어떻게 바로 안 거지?

"아, 뭐, 그것도 선물로 받은 거야."

"괜찮네."

그렇지? 실용적이니까 가지고 있어도 곤란하지 않고.

토리고에게는 조금이나마 답례를 했으니까, 후시미와 히메지에게도 언젠가 답례를 해야지.

옷을 토해내서 축 늘어진 가방을 들고 계단을 올랐다. 마나가 그 뒤를 따라왔다.

"왜 그래?"

"아니~."

내가 방으로 들어가자 마나는 방긋방긋 웃으며 따라 들어왔다.

"오빠야~?"

"나도 알아, 나도 알아."

아니, 가방을 봤으면 예상하고 있을 텐데?

나는 현지 명물이라는 산초멸치볶음과 김조림이 든 병을 꺼냈다.

"선물. 줄게."

내가 슥, 내밀자 마나는 받기 전에 손뼉을 치며 웃기 시작했다.

"혹시나 싶었는데, 역시 이거였구나! 수수해! 웃겨!"

"그렇게 웃을 필요까지는 없잖아. 맛을 보니 꽤 괜찮길래 마음에 들까 싶어서."

"착하다, 착해. 오빠야는 내가 기뻐하는 모습을 보고 싶었구나? 기특해, 기특해."

까불면서 내 머리를 쓰다듬으려 했기에 손을 쳐냈다.

"안 그러면 제대로 밥을 안 해줄 거잖아."

"뭐, 그렇지. 하지만 여중생인 동생에게 사다주는 선물이 멸치

볶음에 김조림이라니, 후후후, 장난 아니네……."

걱정했던 선물의 반응은 꽤 괜찮다고 할 수 있을 것 같다.

역시 무난한 건 먹을 거란 말이지.

"그래도 나로서는 말이야. 오빠의 센스를 보여줬으면 했는데 말이지~?"

무난한 선택을 하지 말라는 뜻인 것 같다.

"아, 그러고 보니———."

뭔가 생각난 마나가 내 가방에 손을 집어넣고 뒤졌다.

꺼낸 것은 세 개가 붙어있는 야한 에티켓이었다.

"안 썼네……."

"그야 그렇지."

준비 중에 쑤셔 넣어진 걸 그대로 가져갈 리가 없다. 하지만 마나는 그걸 예감했는지 준비를 마친 내 가방에 이 에티켓을 다시 몰래 넣어 두었던 것이다.

"제대로 써야지! 그야 그렇지는 무슨!"

마나가 눈살을 찌푸리며 진지하게 화를 냈다.

"왜 그렇게 화내는데."

"오빠야는 언제부터 그렇게 나쁜 애가 된 거야!"

찰싹찰싹, 꽤 세게 때린다.

"그만해, 임마."

"허당이면서 둔감하던 오빠야가 여행지의 해방감에 몸을 맡기더니……."

"잠깐만, 뭔가 착각하고 있는 것 같은데."

내가 그렇게 말했지만 마나는 전혀 들을 생각이 없었다.

"누군데……? 오빠야, 혹시, 내가 생각하던 것보다 어른이야……?"

"그런 게 아니라."

"그, 그럼, 모르는 사람———?! 그래서 안 쓴 거야?!"

마나는 마치 짐승을 본 것처럼 내게서 거리를 두었다.

"매너라고 그렇게 말했는데! 오빠야는 백발백중이야!"

그거 험담이야?

마나는 나를 툭, 밀치고 방에서 나갔다.

"야, 야, 마나———!"

어, 어쩔 수 없지. 확실히 말해줄까.

"오빠야는 아직 동정이라고!"

복도를 달려가려던 마나의 발이 딱 멈췄다.

"그럼 왜 안 쓴 거야?"

"어른의 계단을 뛰어 올라갈 만한 이벤트가 일어나지 않았기 때문이지."

"……뭐야. 잘됐네, 동정이라."

아니, 잘되고 안되고를 따지면 잘된 건 아니야. 결코.

"만에 하나를 대비해서 지갑에도 넣어줄게~!"

"됐다고!"

## ⑰  주연을 하고 싶어

주말이 지나고 월요일. 바로 담임 선생님이 수학여행 리포트를 내라고 했다.

리포트라는 낯선 단어에 당황하긴 했지만, 결국은 감상문 같은 거라도 괜찮은 모양이라 책자와 찍어온 사진, 앨범이 도움이 될 듯했다.

우리 학급 위원은 리포트 회수 담당을 맡았고, 주말까지는 다 모으라는 게 와카의 지시였다.

가방에 넣어두었던 책자를 팔랑팔랑 넘겼다.

해방감이 강했던 탓인지 벌써 시간이 꽤 지난 것 같은 느낌이 들었다.

"료 군은 뭘 쓸 거야?"

점심시간이 되자 곧바로 히나가 물었다.

"둘째 날 내용을 주로 쓸 것 같은데."

"그날 즐거웠지. 료 군도 즐거웠던 것 같아서 다행이야."

"내가?"

"책자를 보는 눈빛이 부드러웠어. 코끼리처럼. 그래서 즐거웠나 싶었거든."

그게 무슨 눈빛인데.

"뭐 하고 계신가요. 얼른 가죠."

가방을 들고 자리에서 일어선 히메지가 나를 재촉했다.

가자니, 어딜?

"시즈카 양은 벌써 가버린 것 같아요. 기다려줘도 될 텐데."

"히메지도 올 거야? 물리실."

"방해가 되려나요?"

"아니."

토리고에도 히메지하고는 나름대로 사이좋게 지내는 것 같으니 괜찮을 테고.

준비를 하고 일어서자 후시미가 아쉽다는 듯이 우리를 배웅했다.

"히나는 안 오나요?"

"어울려줘야 하는 게 있는 모양이야."

"어울려준다고요? 대체 뭔데요."

"너무 그러지 말라고."

후시미와 하는 말이나 행동이 정반대라서, '어울리고 싶지는 않지만 관계를 유지한다'라는 모나지 않는 처세술을 이해하지 못하는 것 같다.

히메지는 참 좋게도 나쁘게도 자기중심적이다.

하고 싶으면 하고, 하고 싶지 않으면 하지 않는다. 매우 단순하다.

물리실에 도착해 지정석에 있는 토리고에를 보고는 나도 지정석에 앉았다.

"전에도 생각한 건데, 어째서 떨어져 있는 거죠?"

"상관없잖아. 떨어져 있는 게 더 마음이 편하고."

그런가요? 히메지는 그렇게 말하고는 이해가 안 된다는 듯이 나와 토리고에 사이에 있는 몇 미터 정도의 거리를 눈으로 한 번 왕복했다.

"타카모리 군, 이따 히이나가 올 테니까 그때 얘기 좀 하자."

"얘기? 리포트 말이야?"

"아니. 영화, 어떤 걸로 할지 상의하게."

그러고 보니 아직 제대로 정하지 않았었지.

"와카타베 선생님께서 말씀하셨죠. 영화를 찍어서 학교 축제 때 상영한다고."

"그래. 예산 때문에 평범한 고등학생이 주인공인 현대극이 될 것 같다───는 것까지는 정해졌는데 그 뒤로 진도가 안 나가서."

"호오. 그랬나요?"

히메지가 한순간 미소를 드리웠다.

아~. 다툴 것 같네. 후시미랑 다툴 것 같아. 표정을 보니.

"히메지, 뭔가 하고 싶은 역할 있어? 지금은 내가 각본 담당이고 타카모리 군이 감독을 맡고 있는데."

"성공시킬 생각이 있다면 저를 반드시 기용해야겠죠."

히메지는 자신만만하게 말했다.

호언장담 히메지.

역시 전 아이돌님은 하는 말도 다르구나.

"그거 말인데, 일단 후시미가 주연으로 정해져서 다른 역할을 하게 될 거야. 괜찮겠지?"

"히나가 남자 역할을 맡고 제가 히로인을 맡으면 되는 것 아닐까요?"

이런 뻔뻔한 태도도 오히려 대단하게 느껴진다. 내 앞길을 가로막을 자는 없다는 수준의 당당한 주장이었다.

"어때? 토리고에."

"전혀 안 될 건 없긴 한데."

"적절한 배역이죠. 히나는 납작해서 섹시함이고 뭐고 전혀 없으니까요."

나는 이렇게 생각하고, 그러니까 된다! 마치 어린애 같은 밀어붙이기였다.

오한 때문에 몸이 떨려서 살며시 돌아보니 후시미가 까만 오라를 내뿜으며 문에 달린 작은 창문으로 호러 영화처럼 이쪽을 들여다보고 있었다.

"후시미도 하고 싶어 하니까, 그건……."

원만하게 해결하려 하고 있자니 참지 못한 건지 후시미가 안으로 들어왔다.

"내가 할 거니까, 아이는 다른 거 해."

"다른 거라면, 주역 말인가요?"

분위기가 팽팽해졌다.

이렇게 될 줄 알았다. 이제 내버려 둘 수밖에 없겠는데.

토리고에를 보니 웃음을 참는 듯이 입을 꾹 다물고 있었다.

"또 싸우네……."

수학여행 때도 방에서 마찬가지로 다퉜던 모양이다.

"아이, 그러면 승부하자."

"승부?"

"연기 승부! 그럼 확실하잖아."

"좋아요. 바라던 바예요."

이야기가 생각지도 못한 방향으로 굴러가기 시작했다.

그 업계에 있었으니 히메지에겐 실력이 있겠지. 즐겁지도 않은데 미소를 짓거나, 노래하기 위해 보컬 트레이닝도 했을(?) 테고.

후시미도 배우고 있으니까 둘이서 좋은 승부가 될 것 같다.

"우리가 심사위원을 맡을게. 그런데 두 명이니까……."

"데구치라도 상관없으면 부를까?"

"그러자."

그런 관계로 데구치를 불렀다.

그 사이에, 뭘 연기할지 이야기를 하다가 토리고에가 가지고 온 만화의 한 장면을 재현하게 되었다.

토리고에가 설정과 상황을 설명했다.

"배역은 주인공의 친구야. 클럽 활동 대회를 앞두고 부상을 당해서 입원한 거고. 주인공 일행이 병문안을 와서 '와줘서 고마워~'라고 하는 부분부터."

그럴싸하네.

"그럼 나도 한 가지만. 밝은 목소리로 말하고 있긴 하지만, 마음속으로는 울고 싶을 정도로 분한 느낌으로 해줘."

두 사람이 진지하게 들으며 고개를 끄덕였다.

"시이, 이 친구는 원래 성격이 밝아?"

"응. 그런 캐릭터야. 노력가라서 열심히 해왔는데 부상을 당해서———, 그런 흐름이지."

뭐, 청춘물에서 자주 보는 상황이라고 할 수도 있다.

"하이. 무슨 일이야?"

나중에 온 데구치에게도 상황을 설명해주고 함께 심사해달라고 했다.

"우와, 기대된다~. 누가 먼저 할 거야?"

가위바위보로 정하자 선공이 후시미, 후공은 히메지가 하게 되었다.

"내가 손뼉을 칠 테니까 그때 시작해."

"응, 알겠어."

우리가 멀리 떨어지자 후시미가 의자에 앉았다. 그녀가 눈짓을 했기에 나는 '준비……'라고 말한 다음 손뼉을 쳤다.

그냥 앉아 있기만 하는데도 기운이 없는 것처럼 보인다. 그리고 그녀는 무언가를 눈치채고 대사를 하기 시작했다.

"———와줘서 고마워~."

밝은 목소리와 표정으로 주인공 일행을 맞이하는 후시미.

"이럴 줄 알았으면 좀 더 세련된 과자 같은 걸 사다 달라고 할걸 그랬네."

자연스러웠다.

하지만 뭔가 생각난 듯이 대사 중간중간에 문득 표정이 어두워지는 것……처럼 보였다.

이윽고 주인공 일행이 병문안을 마치고 나갔다. 미소를 지으며

손을 흔든 다음, 손을 내리자마자 그녀는 원래 모습으로 돌아왔다.

말없이 입을 다물고, 주먹을 꽉 쥐었다.

거기서 끝이기 때문에 내가 다시 손뼉을 쳤다.

"종료."

"후, 후시미 양, 대단한데~. 나, 이 만화의 풍경이 보였어."

"아니, 아니, 별말씀을."

에헤헤, 후시미가 쑥스러운 듯이 볼을 긁으며 이쪽으로 돌아왔다.

"료 군, 어땠어?"

"대충 괜찮은 거 같은데?"

"칭찬해줘어."

토리고에가 볼을 부풀리는 후시미를 달래준 다음, 히메지에게 준비를 지시했다.

"히메지, 다음."

"네."

히메지가 자리로 가서 준비를 마친 것 같았기에 내가 신호를 보냈다.

"———와줘서 고마워요."

오. 대사를 약간 바꿨네.

아니, 이건…….

"이럴 줄 알았다면 좀 더……, 세련된 과자로 할 걸 그랬네?"

별로 긴 대사도 아닌데 다 못 외웠잖아!

'어라? 다음 대사가 뭐였지? 이런'이라는 느낌이 표정에 드러나는 데다……, 말투는 국어책 읽기.

정말 대놓고 서툴렀다.

"히메지. 이제 됐어."

"어? 아직 안 끝났는데요……. 뭐, 됐어요. 그만큼 압도적이었다는 거겠죠."

자신만만.

연기가 이렇게 서투른데도 흔들림 없는 자신감.

이 녀석, 거물이다…….

압도적? 아, 그렇지, 응.

심사위원들끼리 서로 마주 보니 다들 똑같은 생각을 하고 있었던 모양이다. 알아보기 쉬울 정도로 차이가 나버려서 심사하는 데 곤란하지는 않았다.

더 잘한 사람 앞에 서는 식으로 하게 되었고, 후시미 앞에 세 명이 줄을 섰다.

"이유가 뭔데요! 눈이 옹이구멍인가요!"

그런 수준이면서 용케도 화를 내네.

"히메지, 뒤끝은 없어야지. 그리고 문외한의 눈으로 봐도 안 좋은 의미로 장난이 아니라는 걸 금방 알았으니까."

"네?"

히메지가 깜짝 놀라며 눈을 동그랗게 떴다.

"그, 그럴 리가……."

"'성공시킬 생각이 있다면 저를 반드시 기용해야겠죠'라고 큰소리쳐놓고."

"그, 그만하세요!"

히메지가 창피하다는 듯이 얼굴을 붉혔다.

후시미가 의기양양한 미소를 지으며 히메지의 어깨를 두드렸다.

"아이."

"뭐, 뭐죠?"

"이게 실력의 차이고, 현실이라는 거야."

"윽!"

도발하지 말라고, 후시미.

예상대로 다투기는 했지만, 원래 계획을 변경하지는 않아도 될 것 같다.

"……결국 뭐 하려던 건데?"

후시미와 히메지가 눈빛으로 불꽃을 튀기며 싸우고 있는 와중에 데구치가 물었다.

"예산 때문에 고등학생이 주인공인 현대극. 30분 미만 단편으로 할까 하는데."

대답한 다음 확인차 토리고에를 보자 그녀도 고개를 끄덕였다.

"아직 그 정도밖에 정해진 게 없거든. 데구치 군, 뭔가 제안할 거 없어?"

"없어."

대답이 곧바로 돌아왔다.

"나는 모두 함께 만들었다는 느낌이 들면 그게 제일 좋을 것 같아."

괜찮은 말 했지? 라는 생각이 얼굴에 다 드러난다.

"있지, 있지, 타카모리 군, 청춘 빌런이 그렇다는데?"

"너무 오글거리지 않아?"

"그치?"

친구가 적은 콤비의 의견이 일치했다.

"야아아아아, 눈앞에서 욕하지 말라고!"

말은 그렇게 했지만, 데구치의 의견에도 일리가 있다.

"모두 함께 만들었다는 느낌이라. 무대가 학교면 소품도 크게 필요가 없고……."

"무대 장치에 일손하고 시간이 제일 많이 드는데, 예산에 맞는 설정이면 최악의 경우에는 이 다섯 사람만으로도 만들 수 있긴 해."

그렇다고 해서 모두를 참가시키려고 도구를 만든다는 건 주객전도다.

"토리고에, 뭔가 생각한 이야기 있어?"

"응……, 어느 정도는."

토리고에는 휴대폰을 조작해서 메모해둔 것 같은 아이디어를 몇 가지 말했다.

연애, 클럽 활동, 친구, 청춘, 뭐, 그런 느낌이었다.

할 수 있는 게 제한되어 있는 이상, 이렇게 되는 것도 어쩔 수 없을 것이다.

"후시미는 어떻게 생각해?"

샤아악, 히메지를 위협하며 맞서고 있던 후시미가 그제야 회의에 참가했다.

"연애 계열이 좋아."

토리고에가 약간 미묘한 듯한 표정을 지었다. 아이디어로 들긴 했지만 취향에 맞지는 않았던 모양이다.

"시이가 그런 표정인 것도 이해해. 나도 약간 미묘한가 싶기도 하니까."

"그럼 이유가 뭐죠? 그래도 히나는 그게 하고 싶다는 건가요?"

"가장 큰 관심사라는 건 분명하니까, 다들 흥미를 보이지 않을까 해서."

그야 그렇겠지. 순정만화의 주요 타겟층 한복판에 있는 세대니까.

"그렇다면. Love Story라는 건가."

발음이 괜찮은 게 마음에 안 드네. 아까부터 그렇다고 하잖아.

"내 취향에 다 맞추면 설정이나 흐름이 약간 어두워질 것 같은데."

"나도."

토리고에도 동의했다. 이 두 사람은 창작물의 취향이 비슷한 것 같았다.

"그래도 괜찮지 않을까요?"

뜻밖에도 히메지가 맞장구를 쳤다.

"하고 싶지 않은 걸 억지로 할 필요는 없죠."

그런 연애물도 안 될 건 없을 듯하다.

"타카양, 애절함을 듬뿍 넣자고."

"데구치가 그러니까 새삼 걱정되는데 나만 그런가?"

"좀 믿어주라고."

어흠, 후시미가 부자연스럽게 헛기침을 했다.

"합숙하자."

"합숙? 무슨?"

"기획회의 합숙."

"괜찮네요."

"응, 괜찮겠어."

"나도 가도 된다면 괜찮아."

합숙할 필요가 있나?

방과 후에 모여서 이야기를 하는 것만으로도 충분할 것 같은데.

"그럼 결정!"

"잠깐, 잠깐. 멋대로 결정하지 말라고."

"타카양, 여자애랑 외박할 기회는 이번이 마지막일 텐데? 감사히 참가하도록 하자고."

이 녀석은 툭하면 다른 곳으로 빠진단 말이지.

"료는 우리 말고 다른 사람이랑 외박 모임을 한 적이 없으니까 겁이 난 거군요?"

아는 척하기는…….

뭐, 그렇긴 하지만.

다들 해본 적이 있냐는 듯이 눈빛을 보내자 후시미와 토리고에도 입을 다물었다.

이 두 사람도 경험이 없는 모양이다.

그래서 하고 싶은 거겠지.

"알았어. 어디서 할지 정하자."

## ⑱ 타카모리네 집에서 합숙

마나가 부엌에서 바쁘게 요리를 하고 있다.

"……뭐 도와줄 거 있어?"

"오빠야는 전력이 안 되니까 거실에 있어. 걸리적거리기까지 하니까."

마나가 딱 잘라 말했기에 나는 거실에서 다른 사람들이 오기를 기다리기로 했다.

주말, 토요일 오후.

기획회의 합숙을 우리 집에서 하게 되어, 나는 안절부절못하며 거실에서 바깥 상황을 살펴보고 있었다.

"마마가 엄청 놀랐지~. 기쁜 것 같기도 했고."

부엌에서 마나가 말을 걸었다.

어머니에게 친구 몇 명이 자러 오는데 괜찮겠냐고 물어보니 곧바로 오케이 해줬다.

『마나, 밥 좀 해주렴. 엄마는 일도 있고 볼일도 있어서 주말에는 집에 거의 없을 테니까.』

『응~.』

그렇게 식재료비를 받은 마나가 지금 부엌에서 절찬리에 저녁 식사를 준비하고 있다.

아직 낮인데 벌써 준비할 필요는 없지 않냐고 하니 사람이 많아서 재료를 미리 준비해두는 데 시간이 걸린다는 모양이다.

"뭔가 그~. 이런 식으로 잔뜩 만든 적이 없어서 나도 좀 재미있거든."

히히히, 마나가 웃었다.

넌 정말 착한 갸루구나.

"히나도 오고, 아이도 오고, 시즈도 오고, 두목님도 오는 거지~?"

"그래. 그리고 덤도."

"덤……?"

마나가 고개를 갸웃거렸다.

시노하라를 부른 건 토리고에급으로 만화나 소설, 영화에 대해 잘 알기 때문이다. 아이디어를 내줄 사람은 많으면 많을수록 좋으니 부르게 된 것이다.

잔뜩 빌렸던 순정만화를 돌려줄 타이밍이기도 했다.

빌린 건 다 읽었지만, 오히려 마나가 푹 빠져서 몇 번이나 읽어댔다.

초인종이 울려서 슬리퍼를 신고 문을 열자 소꿉친구 콤비가 보였다.

"야호. 왔어."

미소를 지으며 손을 살짝 흔드는 후시미 옆에 어깨를 떨며 억지로 입을 닫으려 하는 히메지가 있었다.

"후. 후훗……, 실례, 합니다……."

히메지는 후시미를 곁눈질로 힐끔 본 다음, 두 손으로 얼굴을 가린 채 당장에라도 터뜨릴 것 같은 웃음을 참고 있었다.

"아이가 아까부터 계속 이런 느낌이라⋯⋯."

후시미. 아마 그건 네 사복을 비웃는 것 같은데?

본인이 아무렇지도 않아 하니까 말하기가 좀 껄끄럽다.

또 '개그 아니란 말이야!'라면서 울음을 터뜨릴 가능성도 있고.

마나도 앞치마에 손을 닦으며 현관으로 고개를 내밀었다. 목소리를 듣고 누가 온지 알아챈 모양이었다.

"히나, 아이, 어서———."

타박타박, 타박⋯⋯, 그렇게 슬리퍼 소리가 멈추고 마나가 굳었다.

"야, 야, 마나, 괜찮아?!"

"오빠야, 악몽, 악몽을 꿨어."

기어코 히메지가 소리를 내며 웃기 시작했다.

"어? 뭐야? 왜 그래?"

"마나, 이게 현실이야."

"정말 싫다⋯⋯. 진짜. 오히려 신선하다거나 그런 건, 제대로 지식을 갖춘 사람들이나 가능한 건데⋯⋯."

눈이 뒤집어질 것 같은 마나를 내가 부축했다.

"호, 혹시 방에서 입는 옷이라 해도, 꽝꽝, 꽈앙, 21세기 폭탄이니까."

21세기 폭탄⋯⋯.

"21세기 폭탄, 잠깐 이리 와."

마나가 후시미에게 손짓을 했다.

후시미는 멍한 표정을 지으며 자신을 손가락으로 가리키고 있었다.

"응? 폭탄?"

엄청나게 진지한 표정을 지은 마나가 후시미를 연행해 갔다. 후시미는 무슨 일이 일어날지 예상하지 못한 순수한 눈을 연달아 깜빡이고 있었다.

"저거, 진심인가요?"

한창 웃어댄 히메지가 물었다.

"그래서 곤란하거든."

"휴우……, 최근 1년 중에 제일 크게 웃었네요."

눈가에 맺힌 눈물을 닦은 다음, 그녀는 '아, 웃겨'라고 한숨을 쉬며 중얼거렸다.

그러던 와중에 토리고에와 시노하라, 데구치가 왔다.

모두 들어가기에는 내 방이 좁았기에 회의는 거실에서 하기로 했다.

"타카양네 집은 평범하네."

"뭘 기대하고 온 거야?"

"타카모리 군, 히이나는 아직 멀었어?"

"아. 마나에게 끌려가서———."

문득 시노하라를 살펴보니 히메지를 힐끔거리며 보고 있었다.

"……."

그렇구나. 데구치는 그렇다 치고, 히메지하고는 초면이니까.

"시노하라, 이쪽이 히메지마 아이……, 양. 저번에 우리 학교로 전학 온 소꿉친구야."

잘 부탁합니다, 라고 말하며 살짝 미소를 지은 히메지.

내가 시노하라에 대해 가볍게 소개하려 하자 그녀가 토리고에에게 작은 목소리로 귓속말을 했다.

"아이카? 그게 뭐야, 미이. 히메지는 아이인데."

"그러니까아……."

답답해하던 시노하라가 히메지에게 인사를 했다.

"시노하라, 미나미, 예요. ……며, 며, 몇 번, '벗모메' 콘서트에 가서 악수도, 몇 번……, 자, 자자, 잠깐이나마, 이야기도 했고……, 기, 기억하지 못하실지도 모르겠지만―――, 최, 최, 최애였어요, 감사합니다."

당황해서 그런지 시노하라의 안경이 약간 어긋나 있다.

그에 비해 히메지는 미소가 얼어붙어 있었다. 이쪽도 뭔가 생각난 모양이었다.

시노하라도 이쪽을 잘 아는구나. 만화나 소설 같은 계열만 아는 줄 알았는데.

얼마나 유명했는지 잘 모르겠지만, 이렇게 대놓고 마주 보면서 '최애였다'라고 할 정도면 마이너 중에서도 유명한 쪽이지 않았을까?

그렇지 않다면 인터넷에 글이 올라오지도 않았을 테고.

히메지는 어떻게 하려나.

둘러댈 거면 도와줄게.

히메지를 힐끔 보니 눈이 마주쳤다.

쓸데없는 말은 하지 마세요, 인가. 아니면 원호 좀 부탁드릴

게요, 인가.

"아마 다른 사람이랑 착각하셨을 거예요. 자주 그런 말을 듣거든요."

"그렇다는데? 시노하라. 잘 모르는 미지의 마이너 아이돌하고 닮았다는 말을 자주 듣는 모양이라, 히메지도 좀 곤란해하거든."

"미지라 죄송하게 됐네요."

히메지가 토라진 듯이 말하고는 코웃음 쳤다.

결과적으로 보면 내가 나선 것도 잘못이었고, 히메지가 따진 것도 타이밍이 안 좋았다.

굳이 다들 주목하고 있는 지금 말할 필요는 없었는데.

"너, 지금 그런 말을 하면———."

맞다고 하는 거나 마찬가지잖아.

미묘한 분위기가 흐르자 토리고에가 '화장실 좀 쓸게'라고 조용히 말하고는 거실에서 나갔다.

"그렇구나."

데구치는 대충 짐작한 것 같았다.

시노하라도 눈치챈 것 같았지만, 어디까지나 '착각'이라는 주장을 존중하는 건지 '그, 그렇구나~'라고 국어책을 읽는 듯한 태도를 보였다.

"아. 오빠야. 차 정도는 내주라고~."

돌아온 마나가 테이블에 아무것도 없는 걸 보고 바로 나를 혼냈다.

"그것도 그렇네."

자리에서 일어나 부엌에서 보리차를 사람 수만큼 따르고 있자니 거실에서 히메지와 후시미가 이야기하는 목소리가 들렸다.

"히나, 옷……, 갈아입었나요?"

"응. 마나가 태워버린다고 협박해서……, 어쩔 수 없이."

그런 말까지 했구나.

마나를 보니 씁쓸한 표정을 지으며 고개를 살짝 젓고 있었다.

"난 말이지, 오빠야. 자신의 잠재능력을 살리지 못하는 건 죄라고 생각하거든."

"무슨 말을 하고 싶은 건지는 알겠어."

후시미의 사복은 후시미 개인보다 강렬해서 얼굴보다 사복이 인상에 더 남는다.

"히나는 근처에 산다고 너무 방심하는 거야."

진짜야, 마나가 그렇게 말하며 입술을 삐죽댔다.

차를 가지고 거실로 돌아가자 토리고에가 화장실에서 돌아와 겨우 모두가 모였다.

"타카양, 여동생 있었어?"

"아, 응."

"엄청 갸루잖아."

"그렇지. 저녁밥은 여동생이 해줄 거야."

"괜찮겠어? 갸루 밥인데."

"여동생은 집안일은 다 잘하고 요리도 잘해."

"좋겠다아……, 갸루고, 여동생이고, 집안일을 다 잘한다니……, 스펙이 너무 좋은 거 아니야?"

갸루와 여동생이 좋은 스펙인지는 모르겠지만, 나도 맞는 말이라고 생각한다.

"오랜만에 안에 들어왔는데, 그대로네요?"

주위를 둘러본 히메지가 말했다.

"리모델링을 한 것도 아니니까, 바뀐 곳은 딱히 없지."

"그건 그렇겠네요."

히메지는 그렇게 말하며 내 방이 있는 쪽을 보았다.

"다들 모였으니 제3회 학교 축제 영화 기획회의를 시작하겠습니다."

후시미가 진행을 맡아 회의가 시작되었다. 이거 세 번째였나? 다들 그런 의문을 품었겠지만 아무도 태클을 걸지 않았다.

처음 참가한 시노하라에게 개요를 설명해주고, 우선 아이디어를 내기 시작했다.

"간단하면서도 재미있는 것……, 그렇다면 역시 기획하고 각본이 중요할 것 같네."

안경을 슬쩍 올리며 말하니 왠지 묘하게 설득력이 있었다.

"재미있는 걸 만든다고 해도 모두가 뭘 재미있냐고 생각하냐에 따라 크게 달라지겠지?"

다들 고개를 끄덕이며 시노하라의 말에 귀를 기울였다.

"너희는 뭘 보고 재미를 판별해?"

시노하라가 물었기에 차례대로 대답했다.

"물론 감독이지. 대충 그걸 보면 아니까, 나 정도 되면."

후시미가 의기양양하게 말했다. 매니아라는 느낌을 마구 드러내고 있었다.

"나는, 분위기나 설정……이려나. 누가 나온다거나 누구의 작품이라는 게 아니라."

나도 토리고에와 비슷할지도 모르겠다.

그렇게까지 잘 아는 것도 아니라 줄거리나 선전 문구 같은 걸 보고 정하는 경우가 많다.

"주연이죠, 주연. 좋아하는 배우나 여배우가 나오면 재미가 좀 없더라도 보고 싶은 마음이 생기니까요."

히메지는 단순하구나~.

"나는———, 잘 모르겠어."

"데구치, 넌 뭐 하러 왔냐."

"타카양, 그냥 데굿찌라고 불러도 돼."

"그런데 다들 의견이 갈리네."

"무시하지 말라고!"

별명으로 부르는 건 아직 내게는 이른 것 같아서, 마음의 준비가 좀 되면 그렇게 할게.

각자 기호를 말하기 시작했고, 내가 후시미가 미리 준비해 온 회의록용 노트에 그걸 대신 기록했다.

하지만 정해진 게 전혀 없다.

후시미, 토리고에, 시노하라는 좋아하는 이야기나 영화에 대해 말하기 시작하면 길어지고, 히메지는 여전히 단순해서 의견을 종합할 수가 없었다.

"어떻게 되어가심까."

마나가 고개를 쏙, 내밀었다.

"오빠야가 먹으려고 산 과자긴 하지만 오늘 같은 날은 괜찮겠지?"

내 간식용으로 사둔 과자를 마나가 바구니 안에 부었다.

"야, 내———."

"다음에 사줄 테니까 불평하지 말고."

"……."

데구치가 마나를 빤히 바라보고 있었다.

"갸루인데 모성이 너무 대단한 거 아니야……?"

두근거리고 있었다.

잠깐 쉬기로 하고 차와 과자를 먹었다.

기분전환 겸 내 방으로 돌아와 참고가 될 만한 만화를 찾고 있
자니 히메지가 방으로 들어왔다.

"들어올 때는 노크를 하라고."

"이제 와서 무슨 말씀을."

그녀는 쿡쿡 웃으며 침대에 앉았다.

"이 방, 예전 그대로 아닌가요?"

"바꿀 필요도 없을 것 같아서."

"야한 건 어디에 숨겨두었을까요……."

히메지가 침대 아래를 들여다보거나 베개 커버 속을 찾기 시작
했다.

"그런 건 데구치가 맡을 역할일 텐데."

"있기는 있나 보네요."

"뭐……, 어느 정도는 말이지."

그것도 이제 와서 할 말은 아닐 텐데. 서로 다양한 것들을 보고 들은 관계니까.

나는 공부용 책상에 앉아 만화의 내용을 확인하기 시작했다.

"깜짝 놀랐다고, 시노하라 때문에."

"……저도 기억하고 있으니까요."

찐이야? 아니, 아이돌은 그런 걸 기억 못 할 거라 생각했는데.

시노하라가 어지간히 열성적인 팬이었던 걸까, 아니면 인상에 깊게 남은 걸까.

"'동갑인데도 열심히 노력하는 당신을 보고 나도 열심히 노력해야겠다는 생각이 들었다'라는 말을 했었죠. 지금의 저를 보고 실망하지 않았다면 좋겠는데요."

어떻게 생각하려나.

나는 무언가에 푹 빠져서 열렬한 팬이 된 적이 없으니까 잘 모르겠지만, 시노하라는 지금 실망하고 있을까.

"넌 히메지마 아이니까 실망받아도 상관없지 않을까?"

나는 등을 돌린 채 다른 만화를 들었다.

이건 뭔가 좀 아니란 말이지…….

생각할 만한 침묵이 흐른 다음, 히메지가 입을 열었다.

"저, 도망치듯이 포기하고 왔어요. 정신적으로 불안정해지고, 몸도 안 좋아지고, 레슨도 전혀 의욕이 생기지 않아서……, 그렇게나 동경하던 세계였는데."

"흐음, 그래."

"할 말이 그것밖에 없나요?"

어이가 없다는 듯하면서도, 안심한 듯한 목소리이기도 했다.

"나는 아직 도망칠 만한 곳까지 가지도 못했으니까. 도망쳤다는 건 결과가 그렇게 됐을 뿐이잖아. 노력해서 승부를 하고 왔다는 게 일단 대단한 것 같은데."

등을 돌리고 있어서 그런지 생각하던 말이 자연스럽게 나왔다.

노력할 수 있다는 건 아무것도 하지 않은 내가 보기에 좀 부럽기도 하다.

나는 뭘 노력하면 될지 아직 모르고 있으니까.

"당신이 격려해줄 줄은 상상도 못 했네요."

"그러냐."

슬쩍 일어선 히메지. 그녀는 나가나 싶더니 옷장을 열었다.

"그런 곳에는 야한 책이 없는데."

"아뇨. 바뀌지 않았다면 혹시나 싶어서———."

혹시나……?

"앗. 있다! 있어요! 료!"

히메지는 기뻐하며 소리를 지르고는 보세요, 라며 연습장 한 권을 내게 보여주었다.

『3학년 1반 타카모리 료』

내, 노트……?

"버리지 않고 같은 곳에 간직해 두었군요."

"간직했다고 해야 하나…….."

안에 넣어둔 걸 까먹고 그냥 내버려 두었을 것이다.

"료하고 제가 이 안에 같이 넣어둔 거, 기억 안 나나요?"

"이봐~, 시작할 거야~."

후시미가 부르는 목소리가 아래에서 들렸다.

그런 적이 있었던 것 같기도 하고, 아닌 것 같기도 하고.

초등학교 3학년이면 벌써 7, 8년 전이다.

나중에 꺼내자고 생각하고 숨긴 곳을 잊어버렸다는 게 제일 그럴싸한 패턴. ……꺼내려 한 기억도 없으니 분명히 그냥 내버려두었을 것이다.

툭하면 질리곤 하는 아이에게는 흔한 일 같다.

"나중에 보여주세요."

히메지가 그렇게 말했기에 나는 그녀에게 연습장을 건넸다.

둘이서 넣어두었다니 나와 히메지가 뭔가 썼을 텐데, 뭘 썼는지는 전혀 기억나지 않는다.

초등학교 3학년 때 쓰던 연습장 같은 건 낙서장이나 마찬가지니까, 딱히 대단한 건 쓰지 않았겠지만.

거실로 돌아와서 기획회의를 다시 시작했다.

참고가 될 만한 작품을 말해보거나, 그에 맞는 설정을 제안해보거나, 그건 베낀 거잖아라고 지적당하거나. 아무튼 진도가 안 나간다.

영화나 만화를 만드는 사람들은 정말 대단하다는 것을 새삼 실감했다.

"각본은 토리고에 씨가 쓰니까, 그냥 맡겨도 되지 않나?"

"아니, 데구치, 그런 말을 하면 오늘 모인 의미가———."

"뭐어? 오늘은 말이지! 기획회의라는 명분만 내세운 외박 모임이잖아!"

그럴 리가———.

토리고에와 후시미를 보니 정곡을 찔렸는지 눈을 슬쩍 피했다.

있구나, 그럴 리가 있구나? 즐거운 외박 모임을 하려고 왔구나?

에휴, 나는 한숨을 한 번 쉬었다.

"그럼 개요는 토리고에에게 맡기고 그때그때 의논하는 느낌으로 갈까."

다들 동의한 건지 고개를 끄덕였다.

"고민이 되는 경우도 있을 테니까 그때는 다 같이 상의하자."

"시이, 힘내."

"응. 타카모리 군에게 의견을 물어보는 경우도 많을 것 같아."

아직 남아 있던 마나와 시노하라가 호기심 어린 눈빛으로 토리고에를 보았다.

후시미와 히메지는 이쪽을 빤히 보았다.

"일단 난 감독이라는 입장이니까. 찍는 방식에 따라서 까다로운 설정도 그럴싸하게 보여줄 수 있을지도 모르고."

시노하라가 고개를 갸웃거렸기에 보충설명을 했다.

"카메라 앵글 같은 걸 잘만 쓰면, 예를 들어 우주인이 나오는 장면도."

"타카양, 타카양, 그건 아니지."

'하하하, 웃긴다' 하며 어깨를 두드리는 데구치의 손을 뿌리쳤다.

"예를 들자면 그렇다는 거잖아. ……그래서, 우주인을 화면 안에 담지 못하더라도 구도와 대사를 통해 그곳에 있는 것처럼 보여줄 수 있어."

싸구려 같은 연출이 되겠지만, 실제로 싸구려 영화니까. 싸게 먹히면 좋은 거지.

"호오. 타카양, 꽤 하는데."

데구치에게 칭찬을 받아도 별로 기쁘지가 않단 말이지…….

"그래서 타카모리 군이랑 의논을 하게 될 경우가 많을 것 같아."

"시즈, 엄청 다가섰네."

마나가 그렇게 말하자 토리고에는 곤란하다는 듯이 고개를 숙였다.

"딱히 그런 건 아닌데……."

앞머리를 만지작거리며 그녀가 입을 다물었다.

마나가 저녁 식사 준비를 한다고 했기에 나도 도우려고 거실에서 나왔다.

"마나, 오늘 즐거워 보이네."

"오빠야가 히나랑 아이, 시즈 말고 다른 사람을 우리 집에 데리고 온 거, 이번이 처음 아니야?"

"그랬나?"

"그래. 오빠야는 많은 사람들에게 사랑받고 있구나 싶어서."

"그 말은 어폐가 너무 심한데."

"아니라니깐. 좀 쓸쓸한 기분도 들지만 말이지."

히히히, 마나는 그렇게 웃으며 나와 팔짱을 끼고는 이것저것 지시를 내렸다.

접시를 꺼내거나 늘어놓고 있자니 시노하라가 부엌에 고개를 내밀었다.

"무슨 일이야?"

"나, 오늘은 먼저 좀 가볼게."

"그래."

"가슴이 너무 벅차서……."

아, 히메지 말이구나.

"더 이상 같은 공기를 계속 마시다가는 정신이 나갈 거 같아."

"그 정도냐."

현관까지 가서 배웅하자 시노하라가 실례했습니다, 하며 돌아갔다.

"시노, 쿨한 안경 쓰면 괜찮겠네."

배웅하러 나온 데구치가 닫힌 문을 아쉬운 듯이 바라보고 있었다.

이 녀석은 여자애라면 정말 누구든 괜찮은가 보네.

"두목님은 왜 간 거야?"

부엌으로 돌아오자 마나가 물어보았다.

"두목님은 아이카를 제일 좋아하는 극성 팬이었던 모양이라 더 이상은 자아를 유지할 수가 없다네."

"기뻐서 지려버렸다는 거야?"

"그건 너무 기분 나쁘잖아."

잠시 후 저녁 식사 준비가 끝났고, 모두를 다이닝 룸으로 불러 식사를 하기 시작했다.

"마나는 요리를 잘하는구나."

"뭐, 그렇지~."

"료는 이런 걸 날마다 먹고 있나요?"

히메지가 물었기에 나는 고개를 끄덕였다.

"오늘은 힘을 좀 쓴 메뉴지만, 마나는 수수한 가정식 같은 것도 잘해."

"뭐, 그렇지~."

쭈우욱, 마나의 코가 늘어나는 것 같았다.

"히나는 요리를 잘 못하죠?"

"어째서 못한다는 전제로 물어보는 거야. 평범해, 평범."

"히나는 못해."

"응. 히이나는 만들지 않는 게 나은 사람이지."

"아니라니까."

제대로 만들 수 있는 게 호박찜밖에 없는 사람에게 '요리를 잘한다'라고 할 수는 없다.

TV 예능 프로그램을 적당히 틀어놓고 저녁 식사를 했다. 밥은 시노하라 몫까지 있었지만, 쉽사리 사라져버렸다.

"마나가 해준 밥 맛있네."

"뭐, 그렇지~."

다 먹고 나서 모두 함께 정리를 하고 목욕 준비를 하기 시작했다.

"히나, 같이 목욕해요."

"어~?"

"같이 하자~, 히나. 오랜만에 소꿉친구 셋이서."

"저, 절대로 안 해……!"

후시미가 히메지와 마나의 가슴을 힐끔거리면서 고개를 마구 저었다.

"어째서죠? 납작한 건 창피한 게 아닌데요."

"크윽. 그런 말은 납작해지고 나서 해!"

"괜찮아, 괜찮아~, 날씬한 거니까아."

마나가 방긋방긋 웃으며 후시미를 찔러댔다. 다 알면서 저러는 거구나.

"가슴 갑질, 그거 가슴 갑질이야."

위협하듯 이를 드러낸 후시미의 어깨를 데구치가 두드렸다.

"후시미 양, 나는 싫지 않아."

"정말, 진짜 싫어."

혐오감이 듬뿍 담긴 표정이었다. 평소에 교실에서 보여주지 않는 진짜 표정을 보고 데구치가 감격하고 있었다.

"후시미 양은 저런 표정을 짓기도 하는구나."

"어지간히 싫었나 본데."

"품행방정한 미소녀가 혐오감으로 얼굴을 찡그리다니, 밥을 세 그릇은 먹을 수 있겠어……."

뭐든 다 좋다는 잡식맨은 역시 하는 말도 다르구나.

……아니, 한 사람씩 한다는 발상은 없나?

"히이나, 나랑 같이 하자."

"시이랑은 괜찮아."

시노하라가 토리고에를 보고 감춰진 거유라고 했는데, 실제로는 어떨까.

후시미가 저렇게 금방 받아들이니까 꽤 알아보기 힘든데.

"타카양, 우리도 같이 할까."

"대체 왜. 혼자서 하면 되잖아. 좁은데."

"뭐, 그렇지."

제일 먼저 마나와 히메지. 그 다음이 후시미와 토리고에. 그다음이 나, 마지막은 데구치가 하게 되었다.

"타카양, 차례를 바꾸자."

"왜?"

"순도가 높은 미소녀탕에 들어가고 싶다고."

"오빠야부터는 샤워기로만 해. 물을 뺄 거니까."

마나가 눈을 흘기며 데구치를 대놓고 경계했다.

"오빠야 친구가 아니었다면 죽을 때까지 걷어찼을 거야."

"마나, 그러지 마."

"그래도~."

마나가 입술을 삐죽댔다.

"그런 거, 잡식맨에게는 오히려 포상이니까."

"으엑, 기분 나빠."

그런 말을 들었는데도 데구치는 전혀 아랑곳하지 않는 것 같았다. 강철 멘탈을 지니고 있는 모양이다.

"타카양……, 만약에 내가 베개를 눈물로 적시게 되는 일이 있더라도 신경 쓰지 말아줬으면 좋겠어."

상처를 입긴 하네.

자업자득인 것 같으니까 반성하라고.

"여자애들은 다들 사이가 좋네."

히메지와 마나가 목욕을 하러 들어가자 데구치가 감정을 담아 그렇게 말했다.

남자와는 약간 분위기가 다르다는 건 대충 알겠지만, 그 남자들의 분위기를 완전히 아는 것도 아니라 입을 다물었다.

"마나는 맨얼굴도 귀엽나?"

"나는 맨얼굴이 더 익숙해서 그쪽이 더 낫긴 하지."

"호오."

히메지는 어떨까.

알아보지 못할 정도로 많이 바뀐 건 아니지만, 화장을 제대로 했기에 목욕하고 나오면 인상이 바뀔지도 모른다.

마나의 들뜬 목소리와 나무라는 듯한 히메지의 차분한 목소리가 들렸다.

후시미, 토리고에, 나, 데구치.

넷이서 느긋하게 TV를 보는데, 마침 생각났다는 듯이 토리고에가 휴대폰에 무언가를 입력하고 있었다.

그녀는 약간 진지한 표정으로 끙끙대고는, 고개를 갸웃거리다가 '괜찮, 으려나……'라고 중얼거렸다.

제일 힘든 건 각본 아닐까.

"저기, 토리고에. 뭔가 도와줄 만한 거 있어?"

"없어."

그렇겠지…….

"나도 대사나 그런 거라면 알겠지만, 이야기의 구성 같은 건 잘 몰라서."

후시미도 도와주고 싶은 마음은 있지만 그런 건 잘 모르는 모양이었다.

어떤 설정이 들어간 이야기가 될지, 기대하면서 기다릴 수밖에 없을 것 같다.

마나와 히메지가 목욕을 마치고 나와서 후시미, 토리고에와 교대했다.

"뭐죠?"

목욕을 하고 나온 히메지를 빤히 바라보았다.

화려한 인상이었던 얼굴이 수수해졌고, 매끈한 삶은 달걀 같은 얼굴이 드러나 있었다.

당시 느낌과 비슷한 건 역시 맨얼굴 쪽이다.

"정겨운 얼굴이다 싶어서."

"그런가요?"

데구치와 마나가 TV를 보며 이런저런 이야기를 하고 있다. 이 드라마는 이게 어쩌고, 저게 저쩌고, 둘 다 보는 드라마인지 이야기 진도가 잘 나가는 모양이었다.

히메지에게 준 그 노트, 어디에 두었을까.

타임 캡슐 같은 거나 마찬가지니까 내용을 확인하고 싶다.

내가 그렇게 말하자 히메지가 거실 쪽으로 갔기에 뒤를 따랐다.

딱히 흥미가 없었는지, 아니면 드라마가 더 신경 쓰였는지, 마나와 데구치는 다이닝 룸에 남았다.

"료는 여기에 뭘 썼는지 기억나나요?"

"아니, 전혀."

글씨를 잘 쓰는 건 아니지만, 지금은 상상도 안 될 정도로 지저분하게 적힌 내 이름.

히메지가 넘긴 노트에 있는 건 반쯤 낙서였고, 괴수나 로봇처럼 당시에 좋아했던 애니메이션 캐릭터 같은 것들이 그려져 있었다.

"후후후, 당신도 귀여웠을 때가 있었군요."

"일반적인 초등학교 3학년 노트인 것 같은데."

"아, 우산."

히메지가 거리를 좁히고는 이거요, 이거, 라며 들뜬 목소리로 말하면서 노트를 손가락으로 가리켰다.

아직 약간 젖은 머리카락에서는 우리 집 린스 향기가 났다. 그게 히메지에게서 풍기니 왠지 묘하게 신경 쓰인다.

그녀가 손가락으로 가리킨 곳엔 사랑을 뜻하는 우산 그림 아래 어린애가 쓴 글자로 나와 히메지의 이름이 적혀 있었다.

"어린애군요. 그래서 어쨌다고? 라는 느낌이지만요……, 저기, 료는, 좋아……했나 보네요. 저를. 그래서 어쨌다고? 라는 느낌이지만요."

히메지는 반대쪽 손으로 자기 몸을 파닥파닥 부채질했다.

"좋아……했나."

"아무리 봐도 그런 것 같은데요."

여기까지 똑같은 글씨체로 적혀 있는 걸 보니 아마 내가 적었을 것이다.

"초등학교 3학년 때 나는 뭐, 그랬나 보네."

"뭐죠? 쿨한 척하고."

히메지의 입가가 기쁜 듯이 늘어져 있었다.

"딱히 쿨한 척한 건 아닌데……."

"그래도 기억나요."

히메지는 그리운 듯이 눈을 가늘게 뜨며 손가락으로 우산을 쓰다듬었다.

"료는 저를 좋아했고, 저는 그 사실을 알고 있었고. 반대로 당신도 제가 당신을 좋아한다는 걸 알고 있었을 거예요."

그랬나? 어라? 응?

"히메지, 너, 나를 좋아했어?"

"……."

그녀가 진지한 표정으로 나를 몇 초 동안 바라보았다.

"무슨 말을 하는 건지 모르겠네요."

"아니, 말 그대로인데."

"저, 과거에는 연연하지 않거든요. 초등학교 3학년 때 있었던 일을 헤집어내다니, 참 이상하네요."

"제일 먼저 흥미를 보였던 건 너잖아."

아까 한 말에 따르면 아무래도 그랬던 모양이다.

"서로 좋아했다."

히메지가 나를 똑바로 바라보며 속삭였다.

"———료는 그렇게 생각했다는 거죠."

오기를 부리면서까지 인정하지 않을 셈이다.

"예전 일이니까 누가 누구를 좋아했든 지금은 상관없지……. 나는 그렇게 생각해."

후시미에 대해서도 그렇게 생각한다.

그 녀석은 약속이다 뭐다 하면서 그걸 제대로 지키려 한다.

그런 성격이어서 그런 것도 있겠지만, 나는 그만큼 오래된 약속에 얽매일 필요는 전혀 없다고 생각한다.

"료 주제에, 말은 잘하네요."

"뭐가 적혀 있든 신경 쓰지 않아도 된다는 말을 하고 싶었어……. 연연하지 않는다면서? 과거에. 초등학생의 '좋아하는 마음' 같은 건 지금 생각해보면 얄팍한 거니까———."

"딱히 상관없어요."

계속 말하려던 나를 히메지가 가로막았다.

"당시에 저만 그렇게 생각했던 게 아니었다는 걸 알게 돼서 기쁘거든요."

결국 인정했네.

아까 하던 얘기는 뭔데.

"지금은 지금, 예전은 예전, 그걸로 됐잖아."

이 말은 큰 목소리로 하고 싶다.

"그렇긴 하지만요. 사랑이라는 건, 끝나기 전엔 좋아하는 사람이 바뀌지 않거든요?"

"그런가."

싫어하게 된다, 차인다, 포기한다, 어찌 되든 상관없어진다, 끝에는 여러 종류가 있다.

나도 전 아이돌님께서 당시에 있었던 일을 아직까지 질질 끌고 있다는 생각은 하지 않는다.

히메지가 내 허벅지에 손을 올리고 얼굴을 가까이 가져다 댔다.

"제 첫사랑이, 끝났다고 생각하시나요?"

나는 고개를 돌리며 겨우 '글쎄'라는 말만 꺼냈다.

히메지의 첫사랑이 나였는지 아닌지도 모르는데, 그런 걸 물어 봤자 알 수가 없다.

"……아이, 뭐 해?"

어느새 다이닝 룸 쪽 문이 아니라 현관 쪽 문 근처에 목욕을 하고 나온 후시미가 서 있었다.

방긋방긋 웃고 있긴 하지만, 까만 무언가가 배어 나오고 있다.

"뭐냐뇨, 수다를 떨고 있어요."

"너무 가깝지 않나요~? 이상하지 않아? 이상하지~?"

"그런가요?"

둘러대는 히메지를 보고 후시미가 관자놀이에 핏줄을 드러냈다.

"돼……, 돼, 돼, 됐으니까 떨어져———!"

이웃집까지 울려 퍼질 정도로 매우 큰 목소리였다.

발성 연습이 성과가 있구나. 그렇게 생각했다.

비상사태라는 걸 이해한 나는 히메지를 밀어내고 후시미가 말한 대로 거리를 벌렸다.

거실 입구에서 후시미가 끙끙대며 입을 꽉 다물고 있었다.

눈에 눈물이 맺히는 게 보이고, 꽉 다문 입술이 조금씩 떨린 다음, 그녀는 등을 돌려 복도로 뛰어갔다.

"후시미."

생각하기도 전에 몸이 움직였다. 소파에서 일어나 쫓아가려 하자 팔을 잡혔다.

"어디 가세요?"

"어디냐니."

히메지, 너도 봤잖아.

그 밖에 하고 싶은 말이 잔뜩 있는데도 목에 걸려서 좀처럼 말로 나오지 않았다.

"지금 가봤자 당신은 어떻게 해보지도 못할 텐데요?"

"그럴 수도 있지. 그래도."

후시미는 언제부터 거기 서 있었던 걸까. 히메지는 알고 있었을까? 후시미가 거기 있다는 걸.

"이제 슬슬 깨달으세요. 자상한 마음이 더 깊은 상처를 입힐 수도 있다는 걸요."

"무슨 소릴———."

"그게 료의 성격이고, 사람으로서의 미덕이라는 것도 사실이죠. 하지만 히나와는 달리 당신은 자각도 없이 그걸 뿌리고 다녀요. 한정된 친구 관계 안에서."

히메지는 잡고 있던 팔을 그제야 놓아주었다.

"히나를 좋아하나요?"

"뭐야, 갑자기."

"좋아한다면……, 사랑한다면 가도록 하시죠."

히메지는 흥, 하고 내치듯이 말했다.

나는 한숨을 한 번 쉬었다.

그리고 성큼성큼, 거실을 나가려 했다.

"어? 잠깐, 어라? 가, 가버리는 건가요?!"

깜짝 놀란 히메지의 목소리가 들렸다.

"시끄러워, 멍청아! 골치 아프다고, 좋아하니 마니! 왜 판단 기준이 그것밖에 없는데? 아무튼 나는 네 명령 같은 건 안 들어!"

"어어어……? 새, 생각했던 거랑 다른 전개인데요……?!"

거실을 나서자 목소리만 들렸다.

"그런 구석이 여러 사람을 곤란하게 만든다는 거라고요! 정말!"

히메지도 나름대로 주의를 주었다는 건 나도 알고 있다. 하지만 후시미가 이상한 오해를 했다면 일찌감치 바로잡는 게 낫다.

현관을 보니 신발이 있다. 그렇다면. 나는 위쪽을 한 번 보았다.

계단을 올라가 제일 먼저 나온 문을 살며시 열자 내 침대 이불이 부풀어 올라 있었다.

역시 여기 있었구나.

나는 안도의 한숨을 한 번 쉬었다.

이불 속에서 고개를 살짝 내민 후시미가 누가 왔는지 확인하고는 다시 안으로 숨었다.

"이봐~."

부스럭부스럭, 도롱이벌레가 이불과 함께 움직이면서 침대 구석에 공간을 만들었다.

……앉으라는 건가?

내 이불 속이라 이상한 냄새가 나진 않을까 하고 한순간 불안해졌다.

훌쩍. 코를 훌쩍이는 소리가 들린 다음, 그녀가 빠르게 말했다.

"뭐 하러 왔어."

"여긴 내 방이거든? 주인이 와도 이상할 건 없잖아."

그녀가 만들어준 공간에 앉아 도롱이벌레에게 등을 돌렸다.

"아이하고 염장질하던데."

"그건 히메지가."

"내버려 뒀으면 뽀뽀했을 거야."

"안 해."

"거짓말."

도롱이벌레는 딱 잘라 그렇게 말하고 이야기를 계속 이어나갔다.

"전학생하고 체육 창고에서 이상한 짓을 한 거, 료 군이잖아. 그 시간대에 아이하고 같이 있었던 사람은 료 군뿐이었으니까."

……들켰네.

"아무것도 안 했는데 말이지."

사과하는 건 좀 아니다. 이럴 때는 뭐라고 해야 할까.

아는 게 별로 없어서 다시 생각하게 되었다.

"진짜?"

"진짜. 착각한 녀석이 멋대로 퍼뜨린 소문이니까."

"믿을게."

"고마워."

푹신푹신, 이불을 쓰다듬었다.

이불이 슬쩍 움직이고 머리만 밖으로 나왔다.

"……."

토라진 표정이었다.

"계속해도 돼."

이불 대신 머리를 쓰다듬으라는 건가?

머리를 쓰다듬자 단숨에 토라진 표정이 가셨다.

"즐겁게 파자마 파티를 할 수 있을 줄 알았는데."

"내가 잘못했어."

"료 군은 잘못했지만, 잘못한 거 없어."

수수께끼냐.

"잘못한 사람이 있으면 그 녀석을 해치우면 끝인데. 어렵네……."

후시미는 중얼거리듯 말하고는 그대로 잠들어버렸다.

시간은 밤 11시.

파자마 파티를 하려던 녀석이 잘 시간은 아닌 것 같지만, 평소에는 이 시간에 자는 모양이다.

아래에서는 이야기를 나누는 목소리가 들렸다. 옷장에 넣어두었던 넷이서 함께 할 수 있는 게임기를 꺼내 1층 거실로 돌아갔다.

잘 알고 있는 게임이었던 모양인지 데구치가 히메지와 토리고에에게 이것저것 설명해주었다.

"오빠야, 히나는?"

"자는 것 같던데."

"잔다고오~? 모처럼 외박 모임인데에~?"

마나는 불만스럽다는 듯이 한쪽 눈썹을 치켜 올렸다.

"히나는 대체 뭐 하러 온 거야, 정말~. 아, 이불은 어떻게 했어?

내 침대?"

"아니, 내 침대에서 멋대로."

"흐으음~? 뭐 하고 있나 싶었더니."

의미심장한 미소 짓지 말라고.

"아무것도 안 했어."

"응. 그럴 줄 알았어. 오빠야니깐."

마나가 웃으며 이를 드러냈다.

모두가 게임을 하기 시작했기에 나는 그동안 목욕을 했다. 하지만 물을 다 빼낸 뒤였기에 샤워만 하게 되었다.

나와 히메지가 숨겨두었다는 그 노트, 그것 말고는 무슨 내용이 적혀 있었을까.

나는 후시미와 약속을 잔뜩 해버렸다(그런 것 같다). 그 노트에도 그런 내용이 있을지 모르겠다.

목욕을 하고 나와서 신나게 게임을 하는 네 사람은 내버려 두고 몰래 노트를 가져와 거실에서 펼쳐보았다.

"마나, 그거 너무 치사하지 않아?!"

"치사하지 않아. 자주 쓰는 수법인데."

"앗. 시즈카 양, 지금───."

"히메지, 승부는 비정한 법이야."

꽤 오래된 게임기인데, 넷이서 대전을 하니 신이 나는 모양이었다.

나와 마나, 후시미, 히메지, 이렇게 넷이서 자주 하고 놀던 정겨운 게임이었다.

시끌벅적한 목소리를 들으며 노트를 살펴보았다.

서투른 글자와 서투른 낙서가 대부분이었다. 초등학교 3학년 노트니까 이런 게 보통이려나?

———그렇게 생각하고 있었는데 중간부터 지금 내 글씨체와 비슷하게 되었다.

날짜 같은 건 적혀 있지 않아서 모르겠지만, 노트가 남아서 메모장 비슷하게 쓰기 시작한 모양이었다.

훑어보니 내가 예상했던 대로 약속 메모 같은 게 적혀 있었다.

같은 대학에 간다거나, 손을 잡는다는 게 잔뜩 열거되어 있었다.

최근에 후시미가 약속이었다고 말했던 내용과 일치했다.

"후시미랑 한 약속을 제대로 메모해뒀구나."

다행이다.

이제 다음에 약속 이야기가 나오면 나도 그 약속이 적당히 지어낸 건지 아닌지 판단할 수 있다는 뜻이다.

# ⑲ 노트

거실로 돌아와 나도 게임 대회에 참가했다. 시끄러운 소리에 깬 듯한 후시미도 와서 늦은 밤까지 게임을 했다.

"이웃집에 폐가 되지는 않을까?"

데구치가 걱정했지만, 후시미와 히메지가 '괜찮을 거야'라며 딱 잘라 말했다.

"마나가 있으니까."

"마나는 이웃 사람들에게 평판이 꽤 좋은 것 같네요?"

"에헤헤, 쑥스럽네."

우리 여동생은 이웃분들하고도 잘 알고 지내는 사이라 무슨 일이 있더라도 불평을 들을 일은 없다.

이미 반쯤 잠든 토리고에와 함께 후시미, 히메지, 마나가 거실을 나섰다.

"타카양, 우리도 잘까."

"그러게. 그럼 잘 자."

"잠깐만, 잠깐만. 내 이불은?"

나는 소파를 힐끔 보았다.

"여기? 이게 내 침대야?"

"싫으면 집에 갈 수밖에······."

"대우가 너무 심하지 않아?!"

"진지하게 말하자면, 손님용 이불은 세 세트밖에 없거든."

"내가 타카양 침대에서 잘게. 그리고 타카양은 여동생하고 같이 자는 거지. 이걸로 해결."

뭐가.

"방석을 여러 개 깔면 되려나."

"나는 그렇게 신경 써주는 걸 원했단 말이지."

일단은 손님이니 바닥에서 재우는 건 미안하다 싶어서 방석을 여러 개 꺼내 방으로 가지고 올라갔다.

"타카양 방에는 아무것도 없네. 타카양답다고 해야 하나."

"그래?"

침대 바로 밑에 방석을 늘어놓자 데구치가 드러누웠다.

나도 내 침대에 누워서 불을 껐다.

좋은 냄새가 난다. 아마 후시미가 누워있었기 때문일 것이다.

잔 시간은 한 시간 정도밖에 안 되는데, 내 침대가 아닌 것 같은 느낌이 든다.

"타카양, 불 끄고 자는 파야?"

"응."

"나는 꼬마전구만이라도 켜놓고 싶은 파야."

"로마에 가면 로마 법을 따르라는 말을 네게 선사하마."

"으~, 받아칠 말이 없네."

나는 웃음소리를 살짝 냈다.

"영화, 잘되면 좋겠다. 난 지금까지 행사 계열 이벤트 같은 건 대충 참가했거든. 왠지 진지하게 파고드는 게 창피하다고 해야 하나……."

나도 데구치가 무슨 심정인지 이해할 수 있었다.

"진지해지지 않는 게 더 멋지다고 할 생각은 없지만, 누군가가 시키는 대로 하기만 하는 것 같아서 싫었어. 참가하는 게 아니라 참가당한다는 느낌이."

어둠에 눈이 익숙해져서 희미하게나마 가구와 천장의 조명 윤곽이 보이게 되었다.

"독립 영화는 후시미가 제일 먼저 꺼낸 이야기야. 그렇게 따지면 시키는 대로 하는 거긴 한데."

"그런 느낌은 없거든. 학급 임원이 의견을 다 물어봐 주기도 했고. 게다가 누가 의견을 내는지에 따라 달라져. 다른 누군가가 똑같은 말을 했다면 반대하는 의견이 있었겠지. 똑같은 개인기라도 잘 나가는 개그맨이 하는 거하고 반 친구가 하는 게 천지 차이라는 거나 마찬가지지."

그런 건가?

"뭐, 그러니까."

데구치가 결론을 내렸다.

"후시미 양이랑 타카양 같은 학급 임원 콤비가 중심이라면 한 번 정도는 진지하게 해봐도 괜찮을 것 같다는 마음이 든다는 거."

내가 의욕 없는 계열 남자들의 선두주자라서 그렇겠지.

그런 내가 긍정적인 태도를 보이니 비슷한 생각을 가지고 있던 남자애들도 낚였다……, 그런 뜻인가?

"쑥스러운 이야기는 이제 끝. 잔다."

데구치가 그렇게 말하고 잠시 후, 그의 숨소리가 들리기 시작했다.

이런 말을 해주는 사람이 있으니 내 학급 임원 활동도 완전히 실패한 건 아닌 모양이다.

……나도 잘되면 좋겠다고 생각하니까.


아침이라고도 하기 그렇고, 낮이라고 하기도 그럴 정도로 어중간한 시간에 일어나 마나가 차려준 아침밥을 먹었다.

다들 일어나서 몸단장을 마친 상황이었다.

"실례했습니다."

토리고에가 현관에서 고개를 살짝 숙이고는 집을 나섰다.

"난 토리고에 씨를 역까지 바래다주고 갈게……. 그럼, 또 보자."

훈남 같은 표정을 보인 데구치가 토리고에를 쫓아가려는 듯이 나섰다.

"료 군, 내일 봐."

"그럼 또 봬요."

후시미와 히메지 두 사람도 짐을 챙겨서 돌아갔다.

"왠지 갑자기 쓸쓸해지네, 오빠야."

무슨 말인지 이해는 된다.

결국 기획회의 합숙이었는데도 진도는 전혀 나가지 못했다.

하지만 끝나고 보니 즐거우니까 신경 쓰지는 않는다.

마나와 함께 거실, 부엌 정리를 하고 마지막으로 내 방을 정리했다.

이곳을 주로 쓴 건 아니라 그리 수고가 많이 들지는 않았다.

『노트, 가지고 있나요?』

히메지가 메시지를 보냈다.

『내가 가지고 있어.』

『그렇군요. 그럼 다행이네요.』

문득 의문이 들었다.

『노트, 왜 나랑 너랑 같이 넣었는지 기억나?』


『어째서냐뇨, 당연히 료하고 제 내용이 적혀 있으니까 그렇죠.』


"료하고 제 내용…….."

나는 그 말을 더듬는 듯이 중얼거리다가 노트 페이지를 넘겼다.

……히메지에 관한 내용?

『우산 아래 이름이 적혀 있는 거 말고 또 뭔가 있나?』

『마지막 부분, 잘 보세요. 어린애처럼 쓸데없는 약속이 적혀 있잖아요.』

같이 집에 간다. 손을 잡는다. 그것 말고도 이것저것 적혀 있었다.

이걸 히메지하고?

어?

『이거, 후시미하고 한 약속 아니야?』

띠링, 띠링, 연달아 오던 메시지가 읽음 표시만 된 채 멈췄다.

어라?

어떻게 된 거지?

전화가 왔다. 히메지다.

"여보세요."

『히나하고 한 약속이라니, 그게 무슨 소리죠?』

"무슨 소리냐니……."

나는 적혀 있는 약속이 최근에 후시미가 말한 예전 약속과 똑같은 내용이라는 사실을 전했다.

『전학 간 뒤에 그런 약속을 했다면 모르겠네요. 그렇지 않다면 료와 약속을 한 건 저밖에 없을 텐데요…….』

히메지하고만……?

중학교 이후로 내가 후시미와 약속을 하지는 않았을 것이다.

최근까지 거리를 두고 있었으니까.

그렇게 되면 히메지가 전학 간 뒤?

그렇게 오래된 것도 아니다.

"히메지가 모를 뿐이고, 후시미하고 약속을 했을 수도 있잖아?"

하지만 나는 후시미와 약속을 했다는 사실을 기억하지 못하고, 잊어버렸다.

『만약에 료하고 약속을 했다면 그 애는 기뻐하면서 알려줬을 것 같은데요. 내용이 똑같다는 것도 더 신경 쓰이네요.』

혹시…….

내가 후시미와 한 약속을 잊어버렸다는 전제가 틀린 것 아니었을까.

『히나는 제 흉내를 잘 내곤 했죠.』

우리는 어렸을 때부터 항상 함께 지냈고, 뭘 하든 같이 했다.

『만약 료가 기억하지 못한다는 게 사실이라면, 여러모로 모순이 생기네요.』

히메지도 똑같은 결론에 도달한 모양이었다.

『노트에 적힌 약속은 제가 료하고 한 거예요.』

그렇다면───.

『히나와 한 약속이 아니라면, 그걸 료가 기억하지 못하는 건 당연할 거예요.』

그리고 그녀는 딱 잘라 말했다.

『왜냐하면, 약속하지 않았으니까요.』

반론할 근거로 삼기 위해 공부용 책상 서랍에 넣어두었던 다른 노트를 찾았다.

내가 예전에 좋아했던 건 후시미가 아니라 히메지 쪽이었고…….

후시미가 했다고 하는 약속과 똑같은 약속을, 당시에 이미 히메지와 한 뒤였다……?

찾았다. 다른 노트.

그 노트의 어떤 페이지 일부가 찢어져 있었다.

───고등학생이 되면 히나하고 첫 뽀뽀를 한다.

지금 봐도 신음이 나올 정도로 창피한 내용이 적혀 있었다.

나는 히메지를 좋아했는데, 그 상대가 후시미로 바뀌었다는 뜻인가?

정말 매정하다고 해야 하나, 경박한 녀석이었구나, 나.

"저기, 히메지. 역시 나는 후시미하고 초등학교 6학년 때 약속한 것 같아."

마치 코웃음 같은 한숨 소리가 들렸다.

『아, 그러신가요? 그렇다면 이 이야기는 끝이죠. 6학년 때 편지도 몇 번 주고받았는데, 대단하신 바람둥이네요, 료는.』

히메지는 재미있어하는 듯한 말투로 나를 혼냈다.

"그건 미안하다고 생각해. 하지만 변명을…………, 어라?"

손가락을 짚으며 '고등학생이 되면~' 부분을 확인해 보았다.

『왜 그러시죠?』

왠지 위화감이 든다.

팔랑, 팔랑, 그 페이지 앞뒤를 번갈아 가며 보다가 다시 원래 위치로 돌아왔다.

역시나.

──고등학생이 되면 히나하고 첫 뽀뽀를 한다.

이거, 내 글씨가 아니다.

# 후기

안녕하세요. 켄노지입니다.

벌써 이 시리즈도 3권째가 되었습니다.

그것도 전부 사서 읽어주시는 독자 여러분 덕분입니다.

정말 감사드립니다.

2권도 대호평이라 증쇄가 되었는데, 3권은 어떻게 되려나. 후기를 쓰고 있는 2020년 1월 현재 켄노지는 그렇게 안절부절못하고 있습니다.

자, 3권 내용은 저번 권 마지막에 등장한 히로인이 후시미와 토리고에 사이에 끼어들고, 수학여행을 떠난다~, 그런 내용입니다.

그리고 켄노지가 약간 마음에 들어하는 건 친구(?)가 된 데구치 군입니다. '고2로 타임리프~'에서도 친한 친구 포지션인 캐릭터가 있긴 했습니다만, 이런 캐릭터는 주인공 곁에 있으면 주인공과는 다른 남자 시점을 보여줄 수도 있고, 내용을 충실하게 만들어주기도 하기 때문에 유용합니다. 보통 개그 캐릭터이기도 하기 때문에 움직이기가 쉬워서 편하고요.

3권이라고 하면 작품에 따라서는 여름방학에 들어가기도 합니다만, 이 작품의 3권 작중 시기는 아직 장마철 전후입니다. 6월 정도죠. 그래도 다음 권은 여름방학이 될 것 같습니다만, 거북이 같은 속도로 주인공 일행의 청춘을 자아내고 있습니다. 앞으로도 그럴 예정입니다.

3권을 간행하는 데 있어서 많은 분들께 신세를 졌는데도 한꺼번에 이런 말씀을 드리는 것 같아 죄송합니다만, 감사의 말씀을 드립니다. 감사합니다. 다음에도 잘 부탁드립니다.

신경 쓰이게끔 끝나긴 했지만, 다음 전개가 어떻게 될지, 부디 4권도 기대해주세요.

켄노지

## 역자 후기

안녕하세요, 천선필입니다.

『성추행당할 뻔한 S급 미소녀를 구해주고 보니 옆자리 소꿉친구였다』 3권, 재미있게 읽으셨는지 모르겠습니다.

이번 3권도 새로운 캐릭터가 등장했습니다. 그것도 친구 캐릭터 한 명, 히로인 한 명, 이렇게 남녀가 각각 한 명씩 나왔죠. 그중 남자 캐릭터인 데구치는 굉장히 빠른 속도로 적응해서 주인공의 친구 캐릭터 자리에 안착한 것 같은 느낌입니다. 아무래도 작가분 말씀대로 저런 캐릭터가 있으면 이야기의 폭도 넓힐 수 있고, 분위기를 가볍게 전환하는데도 써먹을 수 있으니 편할 것 같기도 합니다. 게임이든 소설이든 이런 캐릭터가 약방의 감초처럼 한 명씩 있는 걸 보면 다들 그 유용함(?)을 알고 있기 때문 아닐까 싶습니다.

또다른 신규 캐릭터인 히메지마 아이, 히메지는 아직 감이 안 오는 캐릭터입니다. 물론 주인공에게 호감을 지니고 있고, 어린 나이임에도 불구하고 아이돌 활동을 거쳤다는 사연도 있고, 이 작품의 메인 히로인으로 보이는 히나처럼 소꿉친구 관계이기도 해서 어느 정도 이해가 되긴 합니다만, 2권에서 등장해서 매우 빠른 속도로 개그 캐릭터가 된 것 같은 시노하라 같은 경우도 있으니 아직 판단을 내리기가 힘든 것 같습니다. 후반부 전개를 보면 반전을 위해 동원된 캐릭터 같기도 하니까요.

반전 이야기가 나와서 말인데, 갈수록 메인 히로인인 히나가 전형적인 해바라기형 캐릭터에서 벗어나고 있다는 느낌도 듭니다. 겉으로야 한동안 거리를 두고 지내다가 다시 가까워진 소꿉친구지만, 갑자기 적극적인 행보를 보이거나 하나씩 밝혀지는 것들을 보면 은근히 속이 시꺼멓다는 생각도 들고요. 개인적으로는 전형적인 캐릭터보다는 이렇게 입체적인 캐릭터를 좋아하기 때문에 제 마음속 순위가 계속 올라가고 있습니다. 독자 여러분께서는 어떻게 보셨는지 모르겠네요.

이런 생각을 하면서 이번 『성추행당할 뻔한 S급 미소녀를 구해주고 보니 옆자리 소꿉친구였다』 3권을 번역하였습니다. 매번 그랬듯이 감사의 말씀 드리고 후기를 마치려 합니다.

항상 신경을 많이 써주시는 담당 편집자분, 그리고 책을 내는 데 도움을 많이 주신 소미미디어 관계자 여러분, 그리고 가족 여러분. 감사합니다.

그 누구보다 감사드리고 싶은 분은 독자 여러분입니다. 제가 이렇게 무사히 번역을 마치고 후기를 쓸 수 있는 것도 독자 여러분 덕분이라 생각합니다. 진심으로 감사드립니다.

다시 찾아뵙게 될 때까지 행복한 하루 보내시길 바랍니다.
감사합니다.

CHIKAN SARESO NI NATTEIRU S-KYU BISHOJO WO TASUKETARA TONARI NO SEKI NO
OSANANAJIMI DATTA 3
Copyright © 2020 Kennoji
Illustrations copyright © 2020 Fly
Original Japanese edition published in 2020 by SB Creative Corp.
Korean translation rights arranged with SB Creative Corp., Tokyo
through Japan UNI Agency, Inc., Tokyo

## 성추행당할 뻔한 S급 미소녀를 구해주고 보니 옆자리 소꿉친구였다 3

**2022년 07월 15일 1판 1쇄 발행**

저      자 | 켄노지
일 러 스 트 | 플라이
옮 긴 이 | 천선필
발 행 인 | 유재옥
본 부 장 | 조병권
담당편집 | 박치우
편집 1팀 | 이준환 김혜연 박소연
편집 2팀 | 정영길 조찬희 박치우 정지원
편집 3팀 | 오준영 곽혜민 이해빈
디 자 인 | 김보라 박민솔
라 이 츠 | 한주원 이승희
디 지 털 | 박상섭 최서윤 김지연
발 행 처 | (주)소미미디어
인쇄제작처 | 코리아피앤피
등      록 | 제2015-000008호
주      소 | 서울시 마포구 토정로 222, 403호(신수동, 한국출판콘텐츠센터)
판      매 | (주)소미미디어
영      업 | 박종욱
마 케 팅 | 한민지 최정연
물      류 | 허석용 백철기
전      화 | (02)567-3388, Fax (02)322-7665

ISBN 979-11-384-1218-6
ISBN 979-11-384-0195-1 (세트)